창귀무쌍 3

2023년 12월 6일 초판 1쇄 인쇄
2023년 12월 11일 초판 1쇄 발행

지은이 송장벌레
발행인 강준규

기획 이기헌 왕소현 임동관 박경무 강민구 조익현
책임편집 김홍식
마케팅지원 이원선

발행처 (주)로크미디어
출판등록 2003년 3월 24일
주소 서울시 마포구 마포대로 45 일진빌딩 6층
Tel (02)3273-5135 Fax (02)3273-5134
홈페이지 rokmedia.com E-mail rokmedia@empas.com

ⓒ 송장벌레, 2023

값 9,000원

ISBN 979-11-408-1799-3 (3권)
ISBN 979-11-408-1784-9 04810 (세트)

이 책의 모든 내용에 대한 편집권은 저자와의 계약에 의해
(주)로크미디어에 있으므로 무단 복제, 수정, 배포 행위를 금합니다.

작가와의 협의에 의해 인지는 생략합니다.
잘못된 책은 구입처에서 바꾸어 드립니다.

창귀무쟁

송장벌레 신무협 장편소설 ③

차례

참척(慘慽) (2)

추이와 도막생은 누각들의 중심에 있는 정원으로 향했다.

정원에 있던 시비들은 눈치껏 중앙에 있는 누각으로 들어 갔다.

현재 멀쩡한 누각은 그것 하나였기에 어쩔 수 없는 선택지 이기도 했다.

ㅊㅊㅊㅊㅊㅊㅊㅊ……

추이의 몸에서 검붉은 기운이 뿜어져 나온다.

남궁팽생을 잡아먹고 도달한 이올(彝兀) 제이 층계.

아직 혈교가 세상에 모습을 드러내기 전이기에 이것이 마 공임을 아는 사람은 없다.

도막생 역시도 마찬가지였다.

"기이한 무공을 쓰는구나. 사술이냐, 마공이냐?"

"네가 보고 싶은 대로 봐라."

추이는 짧게 대답했다.

익히는 방법이 부정하고, 익히는 사람을 미치게 만든다는 점에서 창귀칭은 마공이 맞다.

하지만 추이는 후자의 단점을 완전히 극복한 상태.

그리고 전자의 경우는 이미 각오하고 있는 바다.

일모도원 도행역시. 날은 저물고 갈 길은 멀어 순리를 거슬러 가다.

추이는 어린 시절을 떠올렸다.

지금은 생생하게 기억나는 부족원들의 면면.

그들에게 전수받았던 고유의 호흡.

여섯 시진(時辰) 동안 자연을 들이쉬고, 여섯 시진 동안 자연을 내쉬는 기이한 운기토납법.

후우우우욱……

추이는 들이마셨던 숨을 내뿜었다.

그럴 때마다 용광로 속의 쇳물처럼 들끓던 창귀들의 광기가 천천히 가라앉는다.

뜨거움은 그대로이되 터지고 폭발하는 것이 잠잠해지니 두개골 속에 있는 미세한 혈맥들이 상처입지 않고 그대로 보존될 수 있다.

그러니 미치거나 산송장이 되지 않고 또렷한 정신을 유지

할 수 있는 것이다.

그때, 추이의 호흡법을 본 도막생이 말했다.

"묘족의 호흡인가. 동두철액(銅頭鐵額)을 만드는 심법이겠군."

"묘족을 아나?"

"알지. 남쪽의 더러운 오랑캐들 아닌가."

도막생은 히죽 웃었다.

"내 부친께서는 군인이셨다. 남쪽의 전장에서 전사하시기 전까지 더러운 오랑캐들을 쓸어버리셨지. 네 부모형제도 그중 하나가 아닐까 싶은데."

추이는 조금 놀랐다.

도막생은 의외로 세외의 무공에 대해서 박식했던 것이다.

물론 적이 똑똑해서 추이에게 나쁠 것은 없었다.

"너는 꼭 죽여서 창귀로 만들어야겠구나."

"……?"

도막생이 의아하다는 듯한 표정을 짓는 순간, 추이가 앞으로 쇄도했다.

떠—엉!

곤과 대도가 한데 만나 마치 거대한 종소리와도 같은 울림을 빚어냈다.

"……!"

추이는 미간을 찡그렸다.

곤귀의 곤은 추이의 손에 들어온 이래 자신만큼이나 무거운 병기를 처음 만나 보는 것이다.

그래서 지금 이렇게 징징징 울고 있는 것이 아니겠는가.

한편.

"......!"

도막생 역시도 놀라고 있었다.

그의 별호는 무려 거력패도(巨力覇刀).

팔 척에 육박하는 키, 소 한 마리를 하루 만에 먹어 치울 정도로 장대한 몸집, 그리고 산도 쪼개 버릴 수 있을 정도로 큰 칼을 들고 다녀서 붙여진 별호.

이처럼 도막생은 가히 호북성의 패자를 자처할 만한 걸물이라고 할 수 있었다.

그런데 그런 고수의 일 합을 아직 약관도 되지 않은 애송이가 당당하게 되받아치다니.

그것도 한 치의 밀림도 없이.

그것은 증오심이나 복수심과는 별개로 순수하게 놀랄 만한 것이었다.

까앙! 깡! 쩌-엉!

중병기와 중병기가 만나 어마어마한 충격파를 만들어 낸다.

주변에 있던 수석들이 퍽퍽 깨져서 모래처럼 흘러내렸고 나무들은 껍질들이 세로로 쩍쩍 갈라져 나목(裸木)이 되어 버렸다.

키리릭—

도막생은 엄청난 무게의 칼을 깃털처럼 다루었다.

물론 추이 역시도 그랬다.

찌르고, 막고, 휘두르고, 되치고, 이 모든 일련의 과정이 엄청난 속도로 진행된다.

추이와 도막생은 무공을 모르는 보통 사람이 눈 한 번 깜빡이는 동안에도 십수 합을 주고받고 있었다.

콰—쾅! 쩌저저저저적!

충격파를 버티지 못한 지면이 몇 단계에 걸쳐 주저앉았다.

이제 추이와 도막생은 마치 원형의 계단으로 둘러싸인 구덩이 속에서 싸우는 모양새가 되었다.

쿨럭—

내력의 과부하를 이기지 못한 도막생이 피를 토했다.

추이 역시도 마찬가지였다.

둘은 입가에서 피를 줄줄 흘리며 사납게 대치했다.

"뒈져라!"

도막생의 칼에서 뿜어져 나오는 도기가 허공으로 좌악 흩뿌려진다.

추이는 곤 뒤에 숨은 채로 앞을 향해 찌르기를 날렸다.

콰—삭!

시커먼 곤이 길게 뻗어 나가 도막생의 수염 끝을 찢어 버렸다.

도막생은 고개를 뒤로 젖혀 곤을 피했고 곧장 칼을 회수하여 추이의 팔을 자르려 들었다.

그 순간.

퉤―

추이가 뱉은 침이 도막생의 왼쪽 눈에 맞았다.

"큭!?"

처음엔 그저 발악이라고 생각했지만 아니었다.

도막생은 눈이 타들어가는 듯한 매운맛과 동시에 몸속의 내공이 천천히 말라붙는 것을 느꼈다.

"뭐냐!? 무슨 독이냐! 이 오랑캐 놈아!"

도막생의 눈이 멀자 큰 칼도 눈이 멀었다.

눈먼 칼이 미친 듯이 주변을 쪼개 부순다.

하지만 추이는 칼이 지나가고 남은 빈 공간에 유령처럼 스며들어 왔다.

"네 아들도 이것에 당했지."

"……!"

추이의 한마디에 도막생의 기혈이 벌컥 역류했다.

"개 같은 놈이 감히……!"

도막생의 칼에서 주홍빛 도루가 범람하기 시작했다.

큰 것이 온다.

추이는 반쯤은 이성, 나머지 반쯤은 본능으로 고개를 뒤로 젖혔다.

번–쩍!

추이의 코끝을 스치고 지나가는 빛의 궤적이 있었다.

그것은 드넓은 호수 쪽으로 날아가 서쪽에 있던 다리를 대각선으로 쪼개어 부숴 버렸다.

콰콰콰콰콰쾅! 철–썩!

파괴된 다리가 호숫물 속으로 가라앉으며 커다란 파도를 만들어 냈다.

"아주 다 때려 부수는군."

추이는 어깨를 으쓱했다.

그러고는 평상시와 다름없는 표정으로 곤을 잡고 도막생을 향해 휘둘렀다.

뻐–억!

곤이 도막생의 어깨를 때렸다.

큰 동작으로 휘두른 터라 빈틈이 많았다.

도막생은 황급히 칼을 회수했지만 이미 추이의 곤에 의해 어깨와 허벅지를 얻어맞은 상태였다.

'보통 놈이었으면 팔다리가 잘렸겠지만……'

추이는 곤에 얻어맞은 도막생의 상태를 관찰했다.

어깨와 허벅지에 까진 상처만이 조금 남았을 뿐, 도막생은 여전히 꼬리에 불 붙은 황소처럼 드세다.

'과연 온 힘을 다할 수밖에.'

추이는 모든 창귀들을 한 곳으로 끌어모았다.

흑색의 곤 끝에서 곤의 원래 주인이 피눈물을 흘린다.

곤귀 구강룡.

그의 얼굴이 곤 끝에 어른거리자 도막생이 흠칫 놀랐다.

'뭐지? 방금 사람 얼굴이 보였는데…….'

심지어 꽤 낯이 익은 얼굴이었다.

언젠가 사도련에 갔을 때 만났던 적이 있는 인물 같기도 했다.

하지만 그것을 깊게 생각할 여유는 없었다.

…퍼퍼퍼펑!

추이가 곤을 휘둘러 바닥을 때렸고 모래알과 자갈 들이 무시무시한 속도로 날아들었기 때문이다.

"이놈! 아까부터 계속 잔재주만 부리는구나!"

도막생은 칼을 옆으로 세워 자신에게도 날아드는 산탄들을 막아 냈다.

물론 다 막을 수는 없었고 일부가 그의 몸에서 핏방울을 뽑아내고야 말았다.

그것을 보며, 추이는 약간의 의문을 품었다.

'……뭐지?'

방금 전의 일격은 함정이었다.

흙모래를 쏘아 보내 몸을 피하게 만들고 그 틈을 타 예상 이동 경로에 반 박자 먼저 곤을 찔러 넣는, 그저 얕은 속임수에 불과했다.

하지만 도막생은 그 얕은 함정에 제대로 걸려들었다.

아니, 걸려들다 못해 피를 보기까지 했다.

수담(手談)으로 치면 반집을 이득 보기 위해 던진 끝내기 수에서 돌 하나를 거저 잡아 버린 꼴.

즉 두 집을 이득 보았다는 말이다.

'따로 뭔가 노리는 게 있나?'

추이는 곤을 휘둘렀다.

따—앙!

예상대로 도막생은 칼을 뺃어 그것을 막았다.

추이는 뒤로 펄쩍 뛰어 물러났다.

그리고 아까처럼 곤으로 바닥을 쓸어 자갈들을 쏘아 냈다.

"이놈!"

도막생은 이번에도 피하지 않았다.

다만 칼을 들어 산탄들을 막아 냈을 뿐.

몸이 점점 피투성이로 변하는 것을 각오하면서까지 말이다.

'숨겨 놓은 노림수가 있는 것 같기는 한데······.'

추이는 고개를 갸웃했다.

곤을 들고 직접 들어가면 도막생은 최선을 다해 반격해 온다.

하지만 어째서인지 거리를 벌려 주변 지형지물을 부수면, 놈은 그 자리에 꼼짝도 않고 서서 공격을 몸으로 다 받아 내는 것이다.

'뭘 노리고 있는 것인지는 모르겠지만, 내가 뭔가를 놓치고 있다면 단지 내 안목이 그것뿐인 것이겠지.'

추이는 간단하게 생각하기로 했다.

부우우웅!

곤귀의 곤이 휘둘러져 도막생의 허리를 노렸다.

도막생은 칼을 들어 추이의 곤을 막아 냈다.

힘 대 힘의 싸움.

그 구도에서 승기를 거머쥔 쪽은 바로 도막생이었다.

우드드드득!

곤을 말아쥐고 있는 추이의 손아귀에서 거죽이 벗겨진다.

팔뚝의 실핏줄들이 죄다 터져 나가며 시뻘건 피분수가 일어나고 있었다.

…콰쾅!

도막생은 추이를 밀어붙였다.

도막생의 내력이 폭주하며 추이의 내력을 밀어냈고 그 때문에 추이는 중앙 누각의 벽을 부수고 나가떨어질 수밖에 없었다.

"……!"

추이는 곧바로 뒤이어질 추가타에 대비하며 몸을 일으켰다.

어디로 날아올 것인가. 머리? 목? 허리?

어디가 되었든 간에 한 움큼 정도의 살점을 내줄 각오를 하며, 추이는 반격의 기회를 찾았다.

하지만.

"······?"

뒤이어지는 공격은 없었다.

부서진 벽의 잔해를 헤치고 일어난 추이에게 보인 것은 저 멀리 여유롭게 서 있는 도막생이었다.

그는 아까보다 더 멀찍이 떨어진 곳, 연무장의 중앙으로 걸어가 느긋한 태도로 섰다.

다만 눈알에 곤두서 있는 핏발만은 여전히 그대로였다.

"너무 약해서 하품이 나올 정도구나. 제대로 덤벼 봐라, 오랑캐야."

"······."

추이는 고개를 갸웃했다.

절호의 기회를 잡았음에도 불구하고 왜 바로 뒤쫓아 오지 않고 되레 거리를 벌렸을까.

그리고 저 어설픈 도발은 또 뭐고.

함정이라고 하기에는 이상하다.

함정은 이기기 위해서 파 놓는 추가적인 수단일 뿐, 함정을 파지 않아도 이길 수 있다면 굳이 그리할 이유가 없다.

그렇다면 고양이가 쥐를 죽이기 전에 가지고 노는 것과 비슷한 경우일까?

그것도 아니다.

추이와 도막생의 실력은 그 정도까지 일방적으로 차이 나지 않는다.

아까도 비유했듯, 수담으로 따지자면 반집의 차이인 것이다.

'그렇다면 무어냐.'

도막생이 노리고 있는 바를 추이는 알지 못했다.

하지만 어찌 되었든 간에 이것은 상황을 반전시킬 수 있는 호재였다.

…콰쾅!

추이는 바닥을 박차고 누각 안에서 뛰쳐나왔다.

쩌-엉!

곤과 도가 맞부딪치며 무수한 불똥이 튀었다.

쉬릭- 쉬리리릭!

추이의 곤이 뱀처럼 휘어지며 도막생의 몸 이곳저곳을 공격했다. 도막생은 정신없이 계속 뒤를 향해 물러날 뿐이었다.

반격할 생각도 없이 그저 뒤로 피하기에만 급급하는 도막생.

추이는 기회다 싶어 곤을 더욱 빠르게 놀렸다.

곤 끝이 회전하며 쏘아질 때마다 도막생의 커다란 몸 곳곳에서 주먹만 한 살덩이가 뚝뚝 떨어져 나온다.

바로 그 순간.

키-잉!

추이는 목젖 아래를 스치고 지나가는 서늘한 감각을 느꼈다.

그것은 아비규환의 전쟁터에서 추이의 목숨을 몇 번이고 구해 주었던 육감이었다.

…팟!

추이는 도막생을 두들기던 곤을 거두고는 다시 누각 쪽으로 물러났다.

그 순간, 붉고 푸른 참격이 열십자로 그어졌다.

방금 전까지 추이가 서 있던 곳이었다.

"이런, 아깝네."

이윽고. 새로운 그림자 하나가 중앙 누각의 위로 내려앉았다.

사내처럼 짧은 머리카락, 콧잔등을 가로지르는 칼자국.

장강수로십이채의 해백정이 그곳에 있었다.

그녀는 붉고 푸른 쌍검을 꼬나 쥔 채 도막생을 향해 눈짓했다.

"이봐, 패도회주. 협력하기로 한 거 아직 유효하지? 저놈 시체는 반반씩 나누자고."

"……"

해백정의 말을 들은 추이는 생각했다.

'패도회주에 이어 장강의 천두(千頭)라.'

앞으로의 일이 살짝 더 귀찮아지겠다고.

해백정(亥白丁).

돼지 백정이라는 이름을 가진 이 여자는 장강수로채에 단 열둘밖에 없는 천두 계급이다.

그녀는 콧잔등의 상처를 씰룩이며 추이를 바라보았다.

"구당협곡(瞿塘峽谷)에서는 부하들이 신세를 졌다. 율강(溧 江)에서도."

"……."

"나는 빚을 지고는 못 사는 성미라서 말이야."

해백정은 특이하게도 쌍검을 쓴다.

오른손의 적검과 왼손의 청검이 각기 다른 색깔의 검루를 뚝뚝 떨어트리고 있었다.

패도회주 도막생에 이어 천두 해백정.

두 절정고수의 합공을 앞둔 추이 역시도 생각이 많아질 수 밖에 없었다.

'도막생이 이상해졌던 건 이 여자 때문이었나?'

추이는 방금 전까지 도막생이 보였던 이해 못 할 행동들을 해백정과 연관 지어서 생각했다.

하지만.

"꺼져라!"

도막생은 해백정에게 대뜸 고함을 쳤다.

누각의 지붕 추녀마루 위에 서 있던 해백정은 별안간 고함 치는 도막생을 향해 눈을 동그랗게 떴다.

"뭐야? 삼칭황천은 공동의 적이라고 했잖아. 협상했던 걸 잊었어?"

"쓸데없는 참견 말고 거기서 나오란 말이다!"

"……?"

해백정은 검지를 뻗어 관자놀이 근처에 대고 몇 바퀴 빙글 빙글 저었다.

"머리가 헤까닥 했나. 갑자기 왜 지랄인지 모르겠네."

이윽고, 그녀는 누각 지붕을 박찼다.

그러고는 도막생에게서 멀찍이 떨어진 곳에 착지한 뒤 추이와 대치하기 시작했다.

"……?"

한편, 추이는 지금 이 상황을 완전히 이해하지 못하고 있었다.

도막생과 해백정이 전에 손을 잡았던 것은 분명한데, 도막생의 태도가 갑자기 이상해진 이유가 뭘까?

'뭐, 상관없겠지.'

궁금한 것을 모두 해결할 수는 없다.

지금은 중요한 사실 하나에만 집중하는 수밖에 없었다.

부웅— 퍼펑!

바로 이쪽을 향해 날아들고 있는 해백정의 칼 말이다.

쩌—엉!

추이는 곤을 들어 해백정의 쌍검을 막았다.

키리리리리리리릭―

해백정은 몸을 회전시키면서 두 개의 칼을 번갈아 놀렸다.

그 때문에 칼이 빈틈을 비집고 들어오는 횟수가 여타 검객들에 비해 두 배나 많았고 또 그만큼 빨랐다.

그 와중에 도막생 역시도 공격을 시작했다.

콰콰콰콰쾅!

그의 참격은 해백정을 피해서 추이에게로만 날아든다.

"이제야 정신을 차렸나 보네."

"흥! 똑바로 몰기나 해라!"

해백정과 도막생이 각자 쌍검과 도를 휘둘러 추이를 몰아붙였다.

어지럽게 오가는 환검과 강력하게 밀고 들어오는 패도가 시종일관 추이의 목을 노린다.

"……."

날아드는 검을 곤으로 쳐내고 휘몰아치는 도를 피해 뒤로 물러나며, 추이는 호숫가로 향하고 있었다.

퍼―엉!

추이는 물로 들어가 곤을 휘저어 바닥을 쓸었다.

자욱한 물보라와 함께 자갈들이 산탄처럼 날아들어 해백정과 도막생을 노린다.

"치잇―"

해백정은 도포 자락을 휘둘러 물을 막아 냈으나 돌은 어찌

할 수가 없었다.

따따다다다다다다닥!

결국 그녀는 날아드는 자갈들을 피해 바위 뒤로 몸을 숨겨
야 했다.

하지만.

쉬리릭―

그것을 놔둘 추이가 아니었다.

해백정이 근처에 있는 큰 바위를 향해 몸을 돌리는 순간,
바로 그 위치로 추이의 곤이 내리꽂혔다.

쩌―엉!

쇠붙이가 대립하는 소리.

날카로운 소음과 함께 두 자루의 쌍검이 저 멀리 호수를
향해 날아갔다.

"망할!"

검을 놓친 해백정이 재빨리 몸을 뒤로 물렸다.

그리고 그 빈자리를 도막생의 거구가 채웠다.

"뒈져라!"

도막생은 거대한 덩치와 칼을 앞세워 밀고 들어왔다.

추이가 또다시 곤을 놀려 물보라와 자갈 소나기를 일으켰
지만 도막생의 돌진을 막기에는 역부족이었다.

퍼―엉! 콰콰쾅!

도막생이 도를 위에서 아래로 크게 휘두르자 물이 두 갈래

로 쪼개지며 그 아래의 바닥에도 깊은 균열이 생겨났다.

좌악―

추이의 곤이 물살을 갈랐다.

시야를 뿌옇게 가리는 물보라와 자갈들의 너머에서 흑색의 궤적이 독사처럼 날아들어 도막생의 목을 노린다.

그러나.

쩌―엉!

갑자기 옆에서 날아든 도끼에 의해 곤의 궤도는 틀어졌다.

어느새 돌아온 해백정이 커다란 손도끼를 주워 와 휘두르고 있었다.

좌악―

해백정은 손도끼를 빙빙 돌리더니 도끼날의 무게에 원심력까지 실어 추이를 내리쳤다.

추이는 황급히 고개를 옆으로 틀었다.

도끼날의 차가움이 뺨 속으로 얕게 저며든다.

핏방울 몇 개와 귀밑머리 한 움큼이 허공에 휘날렸다.

추이는 볼에서 흘러내리는 피를 닦으며 물었다.

"그렇게 투박한 것도 쓰나?"

"손에 잡히는 건 뭐든 다 쓰는 편이지. 수적이잖아?"

해백정은 죽은 패도회 위사의 시체에서 주워 온 손도끼를 빙글빙글 돌렸다.

손잡이 부근에 쇠로 된 큼지막한 고리가 있어서 그녀의 손목이 들어가면 딱 알맞았다.

붕붕붕붕붕— 콰직!

해백정은 손도끼의 손잡이 고리를 손목에 감아 돌리다가 그대로 내리찍었다.

추이는 곤을 기울여 그것을 막았다.

…쾅!

해백정의 내력이 도끼날에 맺어 형장의 이슬처럼 뚝뚝 떨어져 내린다.

검에 맺힌 내력의 이슬이 검루(劍淚)라 부른다면 이것은 부루(斧淚)라고 부를 만한 것이었다.

…쾅! …쾅! …쾅! …쾅! …쾅!

해백정은 계속해서 도끼를 회전시켰다.

그리고 기세 좋게, 연달아 내리찍어 추이의 무릎을 반이나 구부러지게 만들었다.

추이는 옅게 웃었다.

"장작이라도 패는 것 같군."

"쪼개지 마라. 잘생겨서 마음 약해지잖아."

해백정이 말을 마치고는 확 물러났다.

그 위로 펄쩍 뛰어오른 도막생이 또다시 칼을 내리긋는다.

콰—지지지직!

추이의 두 발이 자갈밭에 무릎까지 파묻혔다.

도막생이 곧바로 뒤로 빠졌고, 또다시 해백정이 뛰어들었다.

절정고수들쯤 되니 처음 합을 맞춰 봄에도 불구하고 연격이 착착 이루어진다.

추이는 곤을 바닥에 꽂고는 그 힘을 이용해서 무릎을 빼냈다.

그리고 곤을 잡은 채로 허공으로 펄쩍 뛰어올라 물러나는 도막생의 턱을 걷어찼다.

"큭!?"

도막생은 입에서 핏물과 함께 이빨 몇 개를 뱉어 냈다.

하지만 추이는 그것에서 만족하지 않았다.

빙글—

추이는 아래에 있는 해백정을 향해 품속의 마름쇠들을 우수수 떨어트렸다.

"앗 따가!"

해백정이 뒷목과 등에 꽂힌 마름쇠들을 털어 내며 물러나는 사이, 추이는 도막생을 향해 다시 한번 손을 휘둘렀다.

퍼—억!

도막생은 코앞까지 날아온 망치를 두툼한 손바닥으로 막아 냈다.

하지만.

…뿌욱!

곧바로 뒤이어 날아든 송곳은 막지 못했다.

송곳의 날이 손바닥 가죽을 뚫고 들어올 때의 따끔한 충격은 날끝이 손등을 뚫고 나올 때쯤 불에 덴 듯한 작열통으로 바뀌었다.

"망할!"

도막생은 재빨리 손을 털어 냈다.

하지만 송곳의 날에는 작은 미늘들이 수없이 돋아나 있어서 단순히 손을 터는 것만으로는 빼낼 수 없었다.

결국 도막생은 뒤로 물러나서 칼을 내려놓고 난 뒤에야 손에 박힌 송곳을 뽑아낼 수 있었다.

뿌득—

송곳이 뽑히자 손바닥에 난 구멍에서 핏물이 줄줄 흐른다.

도막생이 물러나는 것을 확인한 추이는 그제야 곤을 회수하여 후퇴했다.

"햐— 이걸 살아 나오네."

해백정이 감탄했다.

도막생 역시도 이를 뿌득뿌득 갈고 있었다.

이윽고, 도막생이 큰 소리로 외쳤다.

"전원 집합!"

그 말에 추이가 뒤를 돌아보았다.

"……!"

어느새 이렇게 모여들었을까.

패도회의 위사들이 동쪽 다리를 건너 섬에 당도해 있었다.

스르릉…… 차앙! 창!

칼 빼 드는 소리가 요란하다.

검은 피풍의를 걸친 서른두 명의 위사들이 추이의 주변을 둘러쌌다.

그들의 가슴팍에는 금실로 수놓아진 '특급위사(特級衛士)'라는 글귀가 반들거리고 있었다.

추이는 포위망을 구성하고 있는 패도회원들의 면면을 훑어보았다.

'……송사리들은 아니군.'

이들은 예전에 부차루에서 죽였던 '패도육호(佩刀六虎)'보다도 강해 보였다.

하나하나가 정예, 실력 있는 칼잡이들이라는 뜻이다.

"후우―"

추이는 작게나마 한숨을 내쉬었다.

두 명의 절정고수.

그리고 서른두 명의 특급위사.

"식후 운동치고는 다소 과한데."

추이의 관자놀이가 식은땀 한 방울을 머금는다.

그 시점에서 도막생의 명령이 떨어졌다.

"죽여라!"

그는 직접 나서기보다는 부하들을 조종하여 추이를 잡을

계획인 듯했다.

해백정 역시도 굳이 그 흐름에 합류하지 않고 반 발자국 뒤로 물러섰다.

"아후— 따가워라. 그럼 나도 이만."

그녀는 뒷목에 살짝 박힌 마름쇠 하나를 제거하며 사태를 관망하기 시작했다.

이윽고.

저벅— 저벅— 저벅—

특급위사들이 붉은 도를 뽑아 들고 추이를 향해 거리를 좁혀 왔다.

"좋다. 덤벼라."

추이는 맨 앞에 있는 위사를 향해 손짓했다.

여전히 무표정한 얼굴, 고저 없는 목소리였다.

그러자 뒷열에 있던 위사 하나가 조소를 머금은 채 앞으로 나선다.

그는 도막생만큼이나 커다란 체구를 가진 칼잡이였다.

"애송이 놈이 까불기는. 그 몸으로 뭘 하겠다는 거냐?"

바로 그 순간.

"이렇게 하지."

추이의 곤이 움직였다.

집게손가락과 가운뎃손가락만으로 잡은 곤 끝.

그리고 앞으로 곧장 뻗어 나간 반대편의 곤 끝이 정확히 특급위사의 코끝을 짓뭉개 놓았다.

"크학!?"

위사는 코를 감싸 쥔 채 코피를 뿜었다.

추이는 미간을 찡그렸다.

'원래는 두개골을 부수려 했는데…… 그 순간 고개를 뒤로 젖혔군.'

특급위사 정도 대우를 받는 놈들이다 보니 마냥 쉽게 죽어 주지는 않을 모양이다.

"먼저 치자!"

"간다!"

"핫!"

반대편에 있던 위사들이 칼을 들고 우르르 덤벼들었다.

추이는 곤을 휘둘러 그들을 밀어냈고 가장 앞쪽에 있는 자의 귀를 잡아당겼다.

"으윽!?"

귀를 잡힌 위사가 추이의 손에 끌려온다.

푹찍—

추이는 곧바로 그의 눈알에 송곳을 꽂았다.

"끄아아아아아악!"

눈에서 피를 뿜으며 절규하는 위사.

추이는 그의 몸을 방패 삼아 앞으로 나아갔다.

…퍽! …퍼억!

옆으로 돌아서 들어오던 위사 두 명이 추이가 휘두른 망치에 맞아 고꾸라진다.

하지만 그들은 죽지 않았다.

한쪽 무릎을 꿇은 채로 여전히 추이를 향해 고개를 빳빳이 들고 있었다.

머리가 터진 곳에서 피를 줄줄 흘리면서도 눈빛이 살아 있는 것을 보니 훈련이 잘된 사냥개들이었다.

심지어 아까 송곳에 눈알에 꿰인 놈 역시도 반대편 눈알로 추이를 쏘아보고 있었다.

추이는 말했다.

"……주인 고르는 안목이 없는 개들이군. 이전에 일도(一刀)라는 놈도 그렇더니."

"주인을 골라 섬길 줄 알면, 그게 개더냐?"

위사들의 포위망 너머에서 도막생이 이죽거렸다.

그는 위사들을 향해 지엄한 명령을 내렸다.

"뭣들 하느냐! 가서 포를 떠 와라! 내 아들의 영전에 바치겠다!"

그 말에 위사들의 눈빛이 더더욱 흉흉해졌다.

핏빛으로 물들어 있는 그들의 칼날이 어느새 떠오르기 시작한 월광을 받아 더더욱 밝게 빛났다.

한편. 추이는 생각했다.

'……오히려 좋다.'

추이에게 죽은 자는 창귀로 변한다.

창귀를 흡수한 추이는 더더욱 강해진다.

여기 있는 서른둘의 검호들을 모조리 죽인 뒤 창귀로 만들어 부린다면 지금보다 더 강해질 수 있을 것이다.

"들어와."

물론 그 전에 이 시뻘건 칼침의 늪에서 살아남는 것이 먼저겠지만.

패도회의 특급위사들은 엄격한 심사를 통해 선발된다.

우선 패도회에서 자체적으로 길러낸 무사들, 그중에서도 까다로운 조건을 통과한 이들을 가리고 가려 뽑는 것으로 유명하다.

우선 키가 육 척을 넘어야 한다.

그리고 한 손으로 쌀 열 말 정도는 가볍게 들어 올릴 수 있을 것.

또한 탁주 한 동이를 중간에 끊지 않고 비운 직후, 자기 키 정도 되는 높이의 담장을 손을 쓰지 않고 뛰어넘을 수 있어야 한다.

물론 이 모든 것들을 내공 없이 할 수 있어야 하며, 여기서 내공의 양과 깊이는 또 다른 조건이다.

이것이 패도회의 이급위사가 되기 위한 조건.

이 과정을 통과한 이들은 일급위사가 되기 위한 시험에 도전할 자격이 주어진다.

우선 선임자 두 명과 맨손 격투를 벌여 반 시진을 버텨야 한다.

그리고 칼로 자신의 얼굴에 자해를 하여 한 뼘 이상의 칼자국을 내는 것으로 근성을 증명하는 마지막 절차를 거친다.

여기까지가 패도회의 일급위사가 되기 위한 조건이다.

그리고 이 모든 조건을 만족하게 된 일급위사는 특급위사에 도전할 수 있게 된다.

특급위사가 되기 위해서는 이 년간의 낭인 생활을 의무적으로 해야 한다.

그들은 낭인 생활 중에 일정 금액 이상을 모아 오거나 아니면 회에서 지목하는 몇몇 인물들의 머리를 잘라 와 바쳐야 하고, 이 과정에서 몸에 세 뼘 이상의 칼자국이 새로이 생겨나 있어야 비로소 모든 검증이 끝난다.

이 시점부터 비로소 패도회의 특급위사로서 대우받을 수 있는 것이다.

"......"

추이는 자신을 둘러싸고 있는 서른두 명의 특급위사를 바라보았다.

방금 전 망치에 머리를 맞고도 투지가 꺾이지 않은 두 명.

그들은 망치가 두개골을 부수기 전 절묘하게 고개를 외로 틀었다.

그래서 머릿가죽만 북 찢겨 나가는 선에서 피해를 막을 수 있었던 것이다.

한편, 추이의 손에 멱살을 잡힌 이는 눈알에 송곳이 박힌 채로 버둥거리고 있었다.

"놔, 놔! 이 새끼!"

그는 긴 칼을 버리고 추이의 목을 물어뜯으려 들었다.

"……근성은 인정한다."

추이는 위사의 얼굴에 주먹을 날렸다.

퍼—억!

아래턱이 부서진 위사가 바닥에 드러눕기 전, 추이는 무릎으로 그의 목을 찍어눌렀다.

…우득!

추이의 무릎에 깔린 위사는 목이 부러져 죽어 버렸다.

"이제 서른하나."

여전히 무감정한 추이의 목소리.

하지만 추이를 포위하고 있는 위사들의 표정에도 변화가 없다.

차앙- 휘익!

시뻘건 칼날들이 허공을 난도질했다.

추이는 곤을 길게 뻗어 크게 한 바퀴 휘둘렀다.

사나운 바람이 일어 위사들을 멀찍이 물러나게 만들었다.

하지만 그들 역시도 사납고 용맹했다.

그리고 저희들끼리의 손발도 잘 맞아서 합격술을 펼치는
데 전혀 빈틈이 보이지 않았다.

부웅-

수많은 칼들이 가로, 세로, 위, 아래, 종횡무진으로 휘둘
러진다.

마치 칼날을 실낱 삼아 촘촘하게 짠 그물을 보는 것 같았
다.

기나긴 낭인 생활을 거쳐 온 이들이니만큼 난전에 익숙했
고 변수에 초연하다.

하나하나가 일당백의 거친 사나이들.

그들은 피라미처럼 죽어 나자빠지지 않았고 하나하나가
질기게 살아남았다.

……다만 그들에게는 단 하나의 문제가 있었는데, 그것은.

"들어와."

상대가 추이라는 사실이었다.

뻐-억!

추이가 던진 곤이 맨 앞에 있던 위사의 몸을 때렸다.

위사는 황급히 왼쪽 팔꿈치를 들어 올려 곤을 막아 냈으나 왼팔의 뼈가 산산조각 나는 것은 어찌할 수 없었다.

"무기를 버렸겠다!?"

뒤에 있던 위사가 칼을 들고 추이의 등팍을 노렸다.

하지만.

…쭈우욱!

추이는 곤 끝에 묶어 두었던 잠사를 확 끌어당겼다.

곤이 날아갔던 궤도 그대로 되돌아와 다시 뒤로 쏘아져 나간다.

앞에 있던 위사의 팔뼈를 부숴 버렸던 곤은 뒤에 있던 위사의 가슴팍을 함몰시켰다.

"크학!?"

피를 토하며 나가떨어지는 위사.

최후의 순간 몸을 옆으로 살짝 틀었기에 즉사는 면한 것 같았지만…… 저대로라면 반 각을 넘기기 전에 황천행이다.

바로 그 순간.

추이가 왼팔이 부러진 위사에게 달려들었다.

푹—

송곳이 그의 관자놀이를 꿰뚫었다.

눈알 하나가 이상한 방향으로 돌아가며, 위사는 그 자리에서 절명했다.

"이제 스물아홉."

"……."

"안 들어오나?"

추이의 말에 위사들의 얼굴에 식은땀이 맺혔다.

제아무리 산전수전 다 겪어 온 검호들이라지만 지금 추이의 기세는 도저히 인간이 감당해 낼 만한 것이 아니었다.

칼로 이루어진 그물을 찢고 나오는 거대한 바다괴물.

오래된 전설 속에나 등장하는 남해대해(南海大蟹)의 모습이 이러할까?

"으아아아! 이 괴물!"

한 용맹한 위사가 있어 추이를 향해 돌격했다.

추이는 또다시 곤을 뻗었다.

작살처럼 내질러진 곤이 위사의 팔을 노렸다.

휘리릭-

위사는 몸을 회전시켜 추이의 곤을 피하려 했으나.

꽈아악……

추이의 곤은 위사의 옷소매를 찢고 들어가 반대편 옷소매로 튀어나왔다.

마치 빨랫감이 옷걸이에 걸리게 된 모양새.

위사는 자신의 두 팔을 길게 옥죄고 있는 곤과 피풍의 자락 때문에 마치 게와 같은 자세를 취하게 되었다.

당황한 위사가 옷을 찢고 탈출하려 하였으나.

짜-각!

뒤이어지는 망치에 맞아 골통이 쪼개질 수밖에 없었다.

"스물여덟. 안 들어올 거면 내가 간다."

추이가 앞으로 나섰다.

온몸에서 흩뿌려지는 핏방울이 붉은 수증기와 섞여서 더더욱 기괴해 보였다.

"제기랄! 이 마귀 놈아!"

가까이에 있던 위사가 악을 지르며 달려들었다.

그는 특이하게도 도(刀)가 아닌 조도(爪刀)를 사용했다.

네 손가락 위로 뻗어 나간 칼날이 추이의 얼굴을 노린다.

하지만 추이는 태연하게 손을 뻗었다.

추이의 손가락이 조도의 날 사이로 들어가 위사의 손가락과 깍지를 낀다.

…뿌드득! 우지직!

추이의 손가락 사이에 잡힌 위사의 손가락들이 거꾸로 꺾여 부러졌다.

날이 거꾸로 향하게 된 조도를 추이는 힘을 주어 밀어붙였다.

꾸우우우우우욱— 푸욱!

조도가 결국 제 주인의 목을 관통했다.

추이는 시체들로 자신의 몸을 가린 채 짧게 말했다.

"스물일곱."

"……."

그 무시무시한 기세를 마주한 위사들이 식은땀을 흘렸다.

몇몇 이들은 저도 모르게 슬슬 뒷걸음질을 치고 있었다.

바로 그때.

퍼-억!

포위망 뒤에서 요란한 소음이 들려왔다.

도막생이 뒷걸음질 치던 위사 셋의 목을 단숨에 베어 버린 것이다.

그는 으르렁거리듯 외쳤다.

"어찌 패도회의 무사들이 도망갈 생각을 한단 말이냐! 내 아들을 위한 성전을 욕보이는 놈은 내 손으로 직접 죽이겠다!"

주인의 핏발 선 눈이 사냥개들을 향했다.

"내가 무서우냐, 저놈이 무서우냐? 저놈은 너희들의 목숨줄만을 끊으려 들지만 나는 너희 가족들의 목숨줄까지 쥐고 있다!"

본디 사냥개들은 눈앞의 범보다 주인의 회초리를 더 두려워하는 법이다.

하물며 가족들까지 죄다 목줄을 잡혀 있는 바에야 더더욱.

"……."

"……."

"……."

도막생의 으름장을 들은 위사들이 다시 한번 칼을 고쳐 쥐었다.

장내의 분위기가 다시 한번 살벌하게 벼려진다.

한편, 그것을 본 해백정은 혀를 끌끌 차고 있었다.

"부하를 좀 더 소중히 해야 하지 않아? 아까운 실력자들을 너무 쉽게 죽이네."

"졸(卒)을 신경 쓰다가는 왕(王)이 잡히는 법이야. 그리고 소모품은 결국 소모품. 아껴 봤자 언젠가는 똥이 된다."

도막생은 대수롭지 않다는 듯 손사래를 친다.

그 말을 들은 해백정은 구역질이 난다는 듯 고개를 돌려 버렸다.

……하지만.

이 모든 것들에도 불구하고 정작 추이의 표정은 태연했다.

"이제 스물넷."

모가지 세 개가 제 발로 달아나 버렸으니 추이로서는 이득이다.

포위망의 넓이가 아까보다 더 좁아졌다.

그러나 독전관(督戰官)을 자청한 도막생의 칼질은 확실히 효과가 있었다.

까—앙!

추이에게 날아드는 그물망은 넓이가 줄어든 대신 그물코와 그물코의 사이가 훨씬 더 촘촘하고 빡빡해졌다.

위사들의 칼질에 한층 더 독이 올랐다.

곤이 휘둘러질 때마다 수거되는 핏방울의 양도 현저히 적어졌다.

추이는 오십 합을 전개하는 동안 다섯 개의 모가지를 날렸으나 그 이후 일백 합을 전개하는 동안 하나의 모가지도 날리지 못했다.

위사들은 팔다리가 부러질지언정 죽지는 않았다.

그럼에도 불구하고 어떻게든 악착같이 들러붙어 추이의 몸에 잔상처를 내고 체력을 깎아 놓았다. 추후 참전한 도막생이 그의 목을 날리기 수월하게끔 말이다.

싸움이 점점 처절해진다.

그러는 동안 도막생은 여유롭게 포위망 밖에 서서 사태를 관망하고 있었다.

"여기가 네놈의 묫자리다. 삼칭황천. 네놈의 살점은 제사상의 편육으로, 내장은 젓갈로, 뼈는 잔가시 하나까지 죄다 발라내서 내 아들의 묘 밑 장식으로 만들어 주마."

저주에 가까운 독백(毒白)이 이어졌다.

확실히 그 말대로 추이는 점점 사지를 향해 밀려나고 있었다.

어찌어찌 남은 위사들을 모두 죽인다 해도 그 뒤에 이어질 도막생과 해백정의 합공에는 도무지 당해 낼 재간이 없을 터였다.

하지만.

"……."

여전히 추이의 표정에는 아무런 변화도 없었다.

해백정은 그것이 못내 수상하다고 생각했다.

'뭔가 노림수가 있나?'

그녀가 속으로 약간의 불안감을 느끼고 있을 때.

"이만하지."

추이의 입이 열렸다.

"더는 시간이 아까워."

그 말에 위사들은 영문을 모르겠다는 반응이다.

뒤에 있던 도막생이 피로 물든 이를 드러내며 웃었다.

"미친 새끼. 누구 맘대로 이만해, 이만하길? 네놈이 뒈질 때까지 계속할 것이다!"

하지만. 추이의 말은 그를 향한 것이 아니었다.

대답은 도막생도, 해백정도, 패도회의 위사들도 아닌, 다른 누군가의 입에서 흘러나왔다.

"알겠다."

동시에, 포위망의 가장 후미에서 변화가 일어났다.

도막생의 시선이 미처 닿지 않았던 포위망의 최외곽.

칼로 이루어진 그물의 맨 끄트머리.

…틱!

그곳의 실밥 하나가 뜯어져 나왔다.

제아무리 촘촘하게 짜인 그물코라고 해도 가장자리의 마감이 허술하다면 실오라기는 결국 풀어질 수밖에 없다.

칼침의 포위망 말석, 가장 바깥쪽에서 반응이 있었다.

팔랑—

바람에 흩날리는 한 닢의 꽃잎.

옅은 혈향과 함께 흩날리는 그것은 분명 붉은 매화꽃이었다.

"……?"

위사들은 자신의 코끝을 스치는 매화꽃잎을 보며 의아한 표정을 지었다.

이윽고. 꽃의 비가 내린다.

수많은 꽃잎들이 포위망 가장 말석에 서 있던 위사의 칼끝에서 흩뿌려졌다.

그리고 이내, 꽃잎은 검루의 방울이 되어 수많은 이의 목에서 새로운 매화꽃들을 피어나게 만든다.

퍼퍼퍼퍼퍼퍼퍼퍼퍼퍼퍼퍼퍼퍼퍼퍼퍼퍼퍽!

정확히 스물세 번의 소리.

그리고 하늘 높이 떠오르는 스물세 개의 목.

월광 아래 새빨갛게 피어난 매화들은 분명 일시적이었고, 휘발적이었으나, 그만큼 더 아름다웠다.

패도회의 특급위사 스물세 명이 단 한순간에 몰살당해 버렸다.

그리고 맨 마지막에 서 있던 특급위사 하나가 칼에 묻은 핏물을 털어 냈다.

칼침의 그물을 와해시킨 한 올. 가장 후미의 배신자.

그는 비로소 얼굴을 가리고 있었던 복면을 벗어 던졌다.

"꽃이 만개하는 데는 원래 시간이 좀 걸린다네."

사망매화(死亡梅花) 오자운이었다.

무림공적(武林公敵). 화산파 최악의 오명.

사망매화 오자운이 칼에 묻은 피를 털어 냈다.

추이가 말했다.

"원래 합의했던 시기보다 다소 늦은 감이 있군."

"말했잖나. 꽃이 피는 데는 원래 시간이 좀 걸린다고. 자네는 원예에 대해 그다지 아는 바가 없나 보군."

오자운의 대답을 들은 추이는 무어라 말하려다가 그만두었다.

느긋한 어조의 목소리와는 달리 오자운의 안색이 상당히 파리했기 때문이었다.

아마 그도 여기까지 도달하는 동안 우여곡절을 상당히 많이 겪었으리라.

이윽고, 오자운이 주변을 훑어보았다.

굳이 확인사살을 할 것도 없었다.

당초 이곳에 도달했던 서른둘의 특급위사들은 모두 머리

와 몸이 분리되어 바닥에 뒹굴어 다니고 있었다.

모두 다 매화의 비료가 된 것이다.

도막생이 말했다.

"……네놈이 사망매화로구나."

오자운은 고개를 끄덕였다.

"실례했네, 회주. 이것들을 하나하나 죽이면서 오자니 오늘 안에 회주의 얼굴을 못 볼 수도 있을 것 같아서 말이야. 그래서 그냥 틈에 섞여들었다가 한 방에 처리해 버렸지."

"비열한 놈. 명색이 정파의 협객이었던 놈이 이따위 치졸한 짓을 하느냐?"

"이게 다 회주 얼굴을 빨리 보고 싶어서 그리한 것이니 너무 다그치지 마시게. 굳이 따지자면 수줍음을 너무 많이 타서 부하들 뒤에 꼭꼭 숨어 있었던 회주에게도 잘못이 있어. 사람이 낯을 왜 그렇게 가리나?"

"외팔이 놈이 주둥이 터는 재주 하나는 천하일절이구나."

"자네 부하들 목숨 털어 가는 재주도 그렇지. 한 팔로도 충분했다네. 자ー 보시게."

오자운은 주변에 널브러진 시체들을 보며 하나 남은 오른손을 펼쳐 보였다.

도막생의 표정이 확 일그러졌다.

그러거나 말거나, 오자운은 추이를 향해 말했다.

"아직 버틸 만한가?"

"이제 막 몸이 풀린 참이야."

"좋군. 그럼 나눠서 하겠나?"

"도막생을 맡지."

"그럼 내가 저쪽의 처자로군."

패가 나뉘었다.

추이는 그대로 도막생을, 오자운은 해백정을 맡게 되었다.

이 중 누가 살고 누가 죽을지는 끝까지 가 봐야 알 수 있을 것이다.

월광마저 붉게 물들었다.

누각에서 멀찍이 떨어진 곳.

반쯤 부서진 기암괴석들이 솟구쳐 있는 장원 중앙에 오자운과 해백정이 마주섰다.

오자운은 하나 남은 오른팔로 일곱 개의 붉은 보석이 박힌 검을 들었다.

해백정은 체구에 비해 너무 크고 무거운 손도끼를 빙글빙글 돌리고 있었다.

먼저 입을 연 이는 해백정이었다.

"정도의 대협이라는 사람이 이래도 되는 거야? 패도회에 무슨 원한이 있어서? 어떤 명분으로?"

"하하하— 이상한 말을 하는구나."

오자운은 옅은 미소를 띤 채 대답했다.

"내가 정도의 대협이었으면 어째서 무림의 공적으로 낙인 찍혀서 사형제들에게 쫓기고 있겠는가? 나는 정도에는 어울리지 않는 인물이니 장차 마도에나 귀의하여 그쪽의 거두가 될 생각이다."

"그러면 조용히 마교가 있는 천산산맥으로나 갈 일이지 왜 패도회에서 이런 지랄난장을 쳐?"

"맨 처음에는 조용히 가려고 했었지. 그런데 이곳의 회주라는 자가 무고한 여자들을 납치해서 창기로 만들지를 않나, 쓸모가 다했다고 제멋대로 수적들에게 팔아넘기질 않나, 저희들 흥을 본 백성들의 혀를 썩둑썩둑 자르지를 않나, 그것도 모자라서 제 부하들까지 기분따라 퍽퍽 죽여 대는데 어찌 그 꼴을 보고 눈살을 찌푸리지 않겠나?"

"……"

해백정은 조용히 고개를 끄덕거렸다.

사정이 있어 도막생과 손을 잡기는 했지만 그의 사상과 행동은 해백정으로서도 거부감을 가질 만한 것이었다.

오자운이 다시 한번 말했다.

"이곳 패도회의 부자(父子)는 지금껏 무고한 여자들을 납치하여 그녀들을 강제로 범했고 또 각지로 팔아넘겨 부모, 형제, 친척, 친구들과도 생이별을 시켰다. 그것도 모자라 늙고

병들 때까지 착취한 뒤에 흉악한 도당들에게 팔아넘기는 식으로 부를 축적해 왔지. 내가 마두가 되는 것과는 상관없이, 이놈들은 오늘 죽어 마땅하다. 이들과 손을 잡았던 너희 수적들 역시도 마찬가지고."

"패도회에서 폐기들을 샀던 것은 내 부하가 독단적으로 벌인 일이라 조금 억울한데. 나도 그 녀석을 처단하려던 길이었거든."

"그렇다면 왜 우리의 뒤를 쫓는가?"

"내가 해야 할 일을 빼앗겼잖아. 대가리들에게는 명분이라는 게 생각보다 중요하거든. 그래서 말인데……."

해백정은 오자운을 향해 씩 웃었다.

"우리 쪽으로 오지 않을래?"

"뭐라?"

"장강 생활 말이야. 생각보다 할 만하거든. 우리 채에 합류하겠다고 한다면 내 밑의 백두 하나를 죽인 것쯤은 눈감아 줄 수도 있어."

수적패에 들어오라는 제의를 받은 오자운은 헛웃음을 지었다.

하지만 해백정은 꽤나 진지한 표정이었다.

"마교가 있는 천산산맥까지 가려면 엄청나게 멀고 험한 길이 될 거야. 또 거기 갔는데 막상 그쪽에서 안 받아 주면 어떡하려고? 그럴 바에는 자유로운 수적 생활이 훨씬 나을걸?

우리도 사파인 만큼 정파 놈들을 혐오해."

"나는 화산에게 쫓기고 있다. 장강수로채가 화산을 감당할 여력이 되는가?"

"되지. 화산의 도사 놈들이 모조리 몰려와도 우리 장강수로십이채를 어찌할 수는 없어. 그랬다가는 바로 정사대전(定私大戰)이 벌어질 테니까."

"화산의 뒤에는 무림맹이 있다."

"장강수로채의 뒤에는 사도련이 있는데?"

화산과 장강수로채. 무림맹과 사도련.

둘 다 세력의 우위를 딱 잘라 논하기 힘든 양대산맥들이다.

하지만 오자운은 여전히 옅은 미소만을 머금고 있을 따름이었다.

"평소였다면 꽤나 혹했을 제안이다. 나는 실제로 사도련을 찾아가 보기도 했었으니까. 하지만."

"하지만?"

"장강수로십이채는 지금 차기 채주를 정하는 시국을 맞아 혼란스러운 것으로 알고 있다."

"……!"

오자운의 말에 해백정의 표정이 변했다.

딱딱한 표정으로 오자운을 노려보는 해백정.

그녀를 향해 오자운은 말을 계속했다.

"현재 채주가 곧 물러나고 나면 열두 명의 천두 중에서 다음 채주가 정해지겠지. 그런 마당에 천두 하나가 부하를 죽인 자를 쫓아서 이런 먼 곳까지 나왔다는 것은 무엇을 뜻할까?"

"……그야 부하를 너무 사랑하고 아껴서겠지?"

"방금 전에는 네 손으로 처단하려고 했다면서?"

"……."

"그게 아니라면, 부하를 죽이고 도망간 흉수를 처단해서 수하들의 사기를 드높이려고? 뭐, 그것도 있겠지만 너무 지엽적인 이유지."

해백정은 입을 다물었다.

오자운은 말했다.

"만약 네가 채주 쟁탈전에서 멀찍이 떨어져 이곳까지 온 것이 다른 강력한 천두들의 경계망에서 일찌감치 벗어나기 위함이라면, 그리고 장강의 세력권 밖에서 외부 인력을 영입해 채주 쟁탈전에 다시 참여할 생각이라면. 그렇다면 너라는 줄을 잡는 것은 너무나도 위험한 도박이지 않겠는가?"

"……솔직히, 거기까진 나도 생각 못 하고 있었는데."

"그런가? 사망매화와 삼칭황천을 포섭하려고 온 것이 아니었다고?"

"나는 그럴 의도가 아니었지만, 채주님께서는 그런 의도셨을지도 모르겠군."

해백정은 손으로 턱을 짚은 채 잠시 생각에 빠졌다.

"젠장. 대체 무슨 꿍꿍이야, 그 늙은이. 나한테 채 밖으로 나가라고 그렇게 닦달을 하더니만. 그게 설마 그런 뜻에서였다고? 아냐. 그럴 리가…….”

혼자서 무언가를 중얼중얼거리던 해백정.

그녀는 이내 고개를 들어 저 멀찍이 서 있는 추이를 바라보기 시작했다.

이윽고, 해백정은 다시 오자운을 향해 고개를 돌렸다.

그리고 딱딱한 어조로 말했다.

“우선, 당신이 틀린 게 있어.”

“뭐냐?”

“나는 누구 눈치를 보면서 도망 다니는 성격이 못 되거든.”

동시에, 해백정은 손에 든 손도끼를 빙글빙글 돌리던 것을 뚝 멈췄다.

…콱!

도끼날이 붉은 월광을 받아 섬뜩한 예기를 뿜어낸다.

“다른 천두 새끼들 눈치 같은 건 안 봐. 내가 여기 있는 건 그냥 삼칭황천을 산 채로 잡아 오라는 채주의 명령 때문이라고.”

“현재 삼칭황천을 쫓고 있는 남궁세가의 추격대 역시도 자네와 비슷한 목적인 것으로 아네.”

“남궁세가? 개네도 삼칭황천을 산 채로 잡아 가려고 한다고? 왜? 뭣 때문에?”

“나야 모르지. 하지만 짐작건대, 장강수로채의 채주가 자네를 시켜 삼칭황천을 산 채로 잡아 오라고 한 것과 비슷한 이유이지 않을까?"

검화 남궁율이 이끌고 있는 자월특작조라면 장강의 억새밭 건너 먼발치에서 본 적이 있다.

검화의 얼굴을 떠올린 해백정의 표정이 미미하게 구겨졌다.

아무튼. 오자운은 검을 기울이며 말했다.

"장강수로채의 열두 천두들은 하나같이 무공이 고강하다고 들었다. 자(子), 축(丑), 인(寅), 묘(卯), 진(辰), 사(巳), 오(午), 미(未), 신(申), 유(酉), 술(戌), 해(亥). 쥐, 소, 호랑이, 토끼, 용, 뱀, 말, 양, 원숭이, 닭, 개, 돼지. 모두 말이야."

"……."

"그중 서열이 가장 말석인 해(亥), 돼지 백정인 자네는 아무래도 똥줄이 꽤나 타고 있을 것 같은데. 이렇게 먼 곳에서 시간을 허비하다가는 채주 자리를 빼앗겨 버릴 테니까."

오자운의 말을 듣고 있던 해백정이 결국 폭발했다.

"닥쳐라! 싸우기 전에 무슨 말이 그렇게 많아!"

그녀의 손도끼가 맹렬하게 회전하는가 싶더니 이내 벼락처럼 떨어져 내렸다.

그것을 보며 오자운은 탄식했다.

"아쉽군. 주둥이를 털 시간이 조금만 더 있었다면 내력을 완벽하게 회복했을 텐데."

오자운은 특급위사들의 목을 단번에 베어 내는 과정에서 막대한 내력을 소모한 상태.

그래서 아까부터 계속 이런저런 말을 늘어놓으며 짐짓 여유 있는 척, 내력을 회복하고 있었다.

해백정은 그것을 눈치챈 것인지 더 이상의 시간을 주지 않았다.

까—앙!

검과 도끼가 맞부딪치며 무수한 불똥을 자아낸다.

오자운의 검신에 흐르던 기체 형태의 검기가 어느덧 끈적한 액체의 형태를 한 검루로 바뀌었다.

키리리릭—

화려한 매화꽃 일곱 송이가 장원 곳곳에 피어났다.

그것을 본 해백정은 등골에 오싹 끼쳐 오는 소름을 느꼈다.

'……과연. 이래서 사망매화로구나.'

저런 자를 밑에 셋, 아니 둘 정도만 거둘 수 있어도 능히 장강 전체를 접수할 수 있을 것이다.

하지만 저쪽에서 단호하게 거부 의사를 밝혀 온 만큼 그것은 불가능했다.

해백정은 오자운의 매화꽃을 피해 움직이면서도 저 멀찍이 있는 추이를 곁눈질했다.

'아니 잠깐. 채주께서 저놈을 산 채로 잡아 오라고 하신 이유가 정말로 포섭을 하기 위함이라면…… 내가 여기서 도막생 따위와 어울릴 이유가 없지 않은가?'

바로 그 순간.

촤악-

매화꽃 한 떨기가 해백정의 허리춤을 얕게 베어 냈다.

해백정은 짐승 같은 움직임으로 허리를 틀어 오자운의 칼을 피해 냈지만 몇 개의 핏방울을 떨구는 것은 어찌할 수가 없었다.

"……오호. 이것 봐라? 썩어도 매화검수다 이거지?"

피를 본 해백정의 눈매가 가늘게 좁아졌다.

그녀는 내빼려던 발걸음을 멈추고는 손도끼를 고쳐 쥐었다.

"재밌네. 역시 세상은 넓고 고수는 많아. 채주님도 이래서 나보고 밖에 좀 나가 보라고 하신 게지."

인생은 계산대로만 흘러가지 않는다.

꼭 손해 득실로만 움직이는 것도 아니다.

오지산간 험지에 핀 매화꽃을 굳이 따려 드는 사람이 있는 것처럼, 자기보다 강한 자를 만나면 유독 눈이 돌아가는 사람도 있다.

여기의 해백정 같은 인물이 바로 그런 축이었다.

까-앙! 땅!

쇠와 쇠가 맞부딪치며 자신의 몸을 잘게 산화(散花)하는 소리.

오자운과 해백정, 검과 도끼가 맹렬하게 자웅을 겨루고 있었다. 그리고 추이는 먼발치에서 그것을 소리로 듣고 있는 중이었다.

'알아서 잘하겠지.'

다른 사람도 아닌 오자운이다.

내력이 꽤 많이 고갈되었다고는 하나 이 시점의 그가 누군가에게 지는 것은 상상할 수 없었다.

'전생에서도 무림맹의 천라지망을 뚫고 마교까지 갔던 사람이니 이런 곳에서 쓰러질 리가 없다.'

남을 걱정할 필요가 없어졌으니 이제 자신의 일만 신경 쓰면 된다.

이 얼마나 속 편한 일인가.

"……"

추이는 천천히 고개를 외로 틀었다.

그곳에는 바람에 흩날리는 검은 피풍의 자락이 보였다.

패도회주 도막생.

이 일대 칼 찬 자들의 정점.

그는 바닥에 널브러진 위사들을 바라보며 차가운 목소리로 말했다.

"……벌레 같은 놈들. 아니, 벌레는 상대를 물어뜯기라도 하지."

도막생은 자기 발치로 굴러온 머리통 하나를 응시했다.

"뒈져도 싸다. 명색이 특급위사라는 놈들이 동료들 틈에 외부인이 섞여 있었던 것도 눈치 못 챘으니."

그러고는 그것을 발로 지그시 밟았다.

…으직!

사람 머리통이 마치 계란처럼 터져 으깨질 정도로 도막생의 발은 크고 무거웠다.

추이는 문득 부차루에서 죽은 패도육호들을 생각했다.

주인을 지키기 위해 죽은 엽견(獵犬)들.

그리고 아래의 다섯 엽견을 이끌던 수장 사냥개.

'……그 녀석도 저런 취급을 당했을까.'

추이는 도막생의 발아래 으깨진 머리통을 보며 물었다.

"일도(一刀)의 시체는 어떻게 했나?"

"일도? 그게 누구냐?"

"네 아들을 호위하던 이들의 수장 말이다."

"……?"

도막생은 의아하다는 듯 고개를 갸웃했다.

그러고는 무언가를 한참이나 고민하는 듯하더니 이내 대답을 내놓았다.

"아. 그런 녀석이 있었지 참."

별것 아니라는 말투.

어디 너절한 가게에서 대충 산 하찮은 물건을 잃어버렸다가 우연히 되찾은 듯한 느낌이었다.

"내 아들을 끝까지 호위하지 못한 죄를 물었다."

"……."

"시체는 능지처참해서 들개 먹이로 주었고 그 가족들은 싹다 죽여 버렸지. 아, 딸년 둘은 수적들에게 팔아넘겼던가?"

"······."

추이는 한동안 말이 없었다.

다만 도막생의 두 눈을 조용히 지켜볼 뿐이었다.

이윽고, 추이가 움직였다.

"너는 오늘 죽는다."

"하하하— 지금껏 수도 없이 들어 봤던 말이야."

"죽어서 개 먹이가 될 것이다."

"······."

도막생 역시도 칼을 들어 올렸다.

곤과 대도. 둘 다 성인 장정 서넛이 들러붙어도 들기 힘든 중병기.

그것들이 또다시 팽팽하게 맞부딪치기 시작했다.

콰—앙!

쇳덩이와 쇳덩이가 맞부딪쳤는데 화약이 폭발한 것 같은 굉음이 터져 나왔다.

불똥이 튀며 추이와 도막생이 또다시 수십 합을 겨루었다.

···퍽!

추이의 곤 끝이 도막생의 어깨를 스쳐 찔렀다.

의복이 찢어지며 약간의 살점과 핏물이 둥그렇게 휘어져 튀었다.

핏─

거대한 도의 칼끝이 추이의 뺨을 얇게 저미고 지나간다.

흩날리는 머리카락과 함께, 추이의 볼에 혈선이 생기며 새빨간 혈액이 줄줄 흘러내렸다.

도막생이 추이를 밀어붙이며 말했다.

"힘은 내 쪽이 한 수 위로군. 당연한 말이지만."

이윽고, 그는 칼을 아래에서 위로 거세게 올려 쳤다.

떠─엉!

추이는 곤을 놓쳤다.

곤은 빙글빙글 회전하며 위로 튕겨 올라갔다.

"핫하! 끝이다! 뒈져……!?"

도막생은 위로 쳐들었던 칼을 그대로 내리찍으려 했다.

추이가 곤을 잃었으니 기회를 잡았다고 판단한 것이다.

하지만 추이에게는 무기가 여럿 더 있었다.

푸푸푸푸푸푸푹!

추이는 양손에 말아쥔 송곳으로 도막생의 가슴팍을 연거푸 난도질했다.

"크학!?"

도막생은 재빨리 뒤로 몇 발자국 물러섰지만 이미 가슴팍에는 새빨간 점들이 콕콕 찍혀 있는 상태였다.

'얕았군. 몸이 두꺼워.'

추이는 아쉬운 표정으로 송곳에 묻은 핏물을 털어 냈다.

그때, 도막생이 자세를 낮추고 칼을 옆으로 틀었다.

큰 것 한 방이 온다.

추이는 직감했다.

"이번에야말로 토막을 내 주마."

"……."

추이는 망설였다.

도막생이 힘과 무게를 실어 전력으로 공격해 온다면 곤이 있어도 막아 내기가 힘들다.

하물며 이 얄팍한 송곳 두 정으로는 택도 없는 일이었다.

스윽―

추이가 옆으로 이동했지만.

…탁!

도막생이 그 진로를 가로막았다.

"어딜 내빼려고."

"……."

무기가 없는 추이로서는 상당히 난감한 상황이었다.

그때.

스윽―

퇴로를 찾던 추이는 이상한 점 하나를 발견했다.

…움찔!

도막생의 반응이 미묘하게 달라진 것이다.

스윽― 스윽―

추이는 발끝을 여러 방향으로 움직여 보았다.

도막생은 궁지에 몰린 쥐를 보는 고양이처럼 느긋한 태도를 취하고 있었으나 추이가 특정 방향으로 향하려 하는 순간마다 순간적으로 강한 경계심을 보였다.

추이는 도막생이 경계하는 방향에 무엇이 있는지를 살폈다.

"……!"

그쪽에는 중앙 누각.

이 난전에도 불구하고 파괴되지 않은 채 온전히 보존되어 있는 건물이 있었다.

'그러고 보니……'

도막생이 종종 이상한 반응을 보였던 순간들이 있었다.

첫 번째는 추이와 중앙 누각의 실내에서 싸울 때.

그때 도막생은 굳이 건물에서 나가자는 말을 했다.

두 번째는 추이가 중앙 누각을 등지고 싸웠을 때.

그때 도막생은 추이를 더 몰아붙일 수 있었음에도 불구하고 공격을 중단했었다.

세 번째는 해백정이 중앙 누각의 지붕 위에 올라가 있을 때.

그때 도막생은 해백정에게 쓸데없는 참견 말라며 화를 냈다.

그리고 지금 네 번째.

추이가 중앙 누각 쪽으로 도망치려 하는 것을 도막생은 필사적으로 막고 있는 것이다.

'저쪽에 뭔가가 있나 보군.'

그렇다면 더더욱 중앙 누각 쪽으로 갈 필요가 있다.

문제는 도막생이 눈에 불을 켜고 추이의 발끝을 노려보고 있다는 것이었다.

추이는 몸을 슬쩍 기울여 중앙 누각을 등졌다.

그러자.

"……."

도막생은 방금 전까지 준비하던 큰 일격을 보류했다.

아마 참격의 피해가 추이를 넘어서 그 뒤쪽까지 미칠 것을 경계하는 모양.

스윽―

…탁!

추이가 조금이라도 몸을 움직이면 곧바로 반응하는 도막생의 칼끝.

저것을 뚫고 중앙 누각으로 도주하기란 쉽지 않아 보였다.

"꿈 깨라. 너는 절대로 도망 못 간다."

도막생이 추이를 바라보며 이죽거렸다.

하지만 추이는 여전히 태연했다.

"나는 간다."

"개소리."

"너는 거기 그대로 있어라."

"……?"

도막생이 미간을 찡그렸다.

무슨 헛소리를 하느냐는 듯한 표정.

바로 그때.

휘이이이잉―

어디선가 강하고 빠른 바람 소리가 들렸다.

그것은 도막생의 머리 위에서, 아주 빠르게 불어오는 소리였다.

"……!"

도막생이 미처 고개를 위로 들어 올릴 틈도 없었다.

빠―직!

추이의 곤이 떨어져 내렸다.

아까 전에 도막생의 칼에 맞아 허공으로 날아갔던 곤이 시간이 지나 땅으로 떨어진 것이다.

지면에 수직이 되게끔 일자(一字)로 떨어져 내린 곤.

오직 추이만을 바라보고 있었던 도막생에게 있어서 그것은 마른하늘에 떨어진 날벼락 같은 존재였다.

"끄―아아아아아아악!?"

영문도 모르게 맞아 버린 검은 벼락.

그것은 도막생의 이마 가죽을 찢는 것으로 시작해 그의 코를 완전히 으깨 버렸고, 더 나아가 입술의 가운데 살점을 뭉텅이로 떼어 놓았으며, 가슴팍의 겉옷과 피부들을 일자 모양으로 뜯어낸 뒤 땅속에 깊게 박혀 버렸다.

…푸슉! …푸슉! …푸슉! …푸슉! …푸슉! …푸슉! …푸슉!

고통과 더불어 엄청난 양의 피분수가 일어났다.

시야를 완전히 가려 버릴 정도로 뿜어져 나오는 핏물.

바로 그 틈을 타, 추이는 중앙 누각이 있는 방향으로 내달렸다.

"안 돼!"

뒤에서 도막생이 소리 지르는 것이 들렸다.

역시나, 그는 추이가 중앙 누각으로 향하는 것을 두려워하고 있었던 것이다.

추이는 곤을 버린 채 누각으로 뛰었다.

콰쾅!

현관문을 부수고 들어간 뒤 곧장 이 층으로 향하는 계단을 타 올랐다.

"꺄아아악!"

몇몇 시비들이 비명을 질렀지만 추이는 그녀들을 무시한 채 곧바로 상층으로 향했다.

그때.

"……서라!"

도막생이 추이를 뒤쫓아 왔다.

그는 큰 칼을 휘둘러 계단에 있던 시비들의 허리를 한순간에 양단해 버렸다.

흰 화폭에 피어난 붉은 난처럼, 시비들의 목숨이 벽에 흩뿌려져 튀었다.

이에 대한 도막생의 감상은.

"걸리적거리는 것들!"

이 한마디뿐이었다.

달리는 경로 안에 들어와 있는 모든 시비들을 토막 내 버리는 도막생의 무자비한 손속에는 추이조차 혀를 내두를 정도였다.

이윽고, 추이는 삼 층에 있는 어떤 공간에 진입했다.

그리고 그 순간부터 도막생의 공격이 뚝 끊겼다.

"……?"

추이는 고개를 돌렸다.

도막생이 이를 악문 채 뛰어오고 있는 것이 보인다.

이 공간에는 사람이 아무도 없다.

다만 청소를 하지 않은 듯 먼지가 얇게 쌓여 있을 뿐.

그렇다고 해서 사람이 살지 않았던 것은 아니다.

먹다 남은 음식과 마시다 만 차가 차갑게 식어 있었고 이부자리도 흐트러진 채 그대로다.

순간, 추이는 무언가를 떠올렸다.

죽은 아들의 방.

이곳은 도좌윤이 기거하던 공간이었나 보다.

도막생은 죽은 아들을 그리워하며 아들이 머물던 공간을 손 하나 대지 않은 채 그대로 두었던 것이다.

툭―

추이는 달리는 와중에 탁자 위에 있던 찻잔을 건드렸다.

…쨍그랑!

찻잔이 바닥에 떨어져 깨지자.

"안 돼! 안 돼!"

뒤에서 도막생의 다급한 외침이 들려왔다.

아들이 죽고 난 뒤 그대로 보존시켜 두었던 아들의 공간이 망가지는 것을 참을 수 없는 모양이다.

물론 그것은 추이에게는 해당 사항 없는 일이었다.

와장창! 콰쾅! 우지끈!

추이는 가로막는 기물들을 죄다 부수며 지나갔다.

"안 돼! 그러지 마라!"

그럴 때마다 도막생은 뒤에서 짐승 같은 울음을 터트리고 있었다.

'시비들은 가차 없이 죽이더니 이런 물건 따위에 집착하는 가?'

오자운이 이 자리에 있었다면 분명 이런 말을 했을 것이라 생각하면서, 추이는 계속해서 상층을 향해 달렸다.

이윽고.

누각의 최상층으로 온 추이는 무언가를 발견할 수 있었다.

"머, 멈춰! 멈춰라! 거기는 안 된다! 진짜로 안 돼!"

뒤에서 도막생이 외쳤다.

지금까지 들어 보지 못한 다급함과 간절함이 배어 있는 목소리였다.

하지만 그러거나 말거나, 추이는 방 안으로 들어갔다.

그리고 방의 중앙에 놓여 있는 관짝으로 손을 뻗어 안에 들어 있는 것을 끄집어냈다.

꽃과 금붙이들로 가득한 관 속에 자는 듯 누워 있던 시체.

바로 도좌윤이었다.

이윽고, 추이는 도좌윤의 시체를 끄집어냈고 그 옆에 함께 누워 있던 보검 한 자루를 뽑아 들었다.

그때쯤 해서 도막생이 방문 앞에 서게 되었다.

"무, 무, 무슨 짓이냐!? 뭘 하려는 게야!?"

"바로 이런 짓."

추이는 칼을 기울여 도좌윤의 목에 가져다 대었다.

차갑게 굳은 시체의 목.

관절이 뻣뻣하여 잘 구부려지지도 않는다.

칼날이 피부를 살짝 뚫고 들어갔지만 피는 한 방울도 흘러나오지 않았다.

도막생은 어쩔 줄 몰라 어버버 입술만 떨 뿐이다.

그 시점에서 추이가 말했다.

"칼 버려. 아들 두 번 죽이기 싫으면."

죽은 자를 인질로 삼아 산 자를 협박하는, 실로 기묘한 인질극이었다.

걸해골(乞骸骨)

추이가 말했다.

"칼 버려. 아들 두 번 죽이기 싫으면."

보통 인질은 살아 있을 때 의미가 있다.

그래야 인질을 살리기 위해 피협박자가 뭐라도 할 것이 아니겠나.

인질이 이미 죽어 있는 이상 협상의 여지는 물 건너간 셈이다.

일반적이라면 납득되기 어려운 일.

……하지만.

죽은 자의 시신이 아들의 것이고 협박당하고 있는 이가 부모라면 이야기가 달라질 수도 있다.

"그, 그만. 가엾은 아이다. 더는 욕되게 하지 말아라. 이미 죽지 않았더냐?"

도막생이 손을 들어 올리는 순간, 추이가 든 칼이 도좌윤의 목을 조금 더 깊숙이 베어 냈다.

추이의 목소리가 한결 더 싸늘해졌다.

"이대로 목만 잘라 내서 도망칠 수도 있다. 나 같은 야만적인 오랑캐가 이 목을 가지고 가서 무엇을 할 것 같나. 응?"

"……."

도막생은 몸을 떠는 것을 멈추었다.

그의 칼은 조금의 미동도 없이 손에 단단히 붙들려 있었다.

추이가 말했다.

"마지막 경고다. 이 말을 듣지 않는다면 아들의 목은 떨어진다. 그리고 두 번 다시 되찾을 수 없게 될 거야."

"……."

도막생은 입을 다물고 고개를 숙였다.

하지만 여전히 칼을 쥔 손은 놓지 않고 있었다.

문득.

그는 입을 열었다.

"어차피 내가 죽으면, 내 아들의 장례를 치러 줄 사람도 없게 되겠지."

"꽤나 합리적이시군."

"아니. 나는 합리랑은 거리가 먼 인간일세. 언제나 늘 그랬지. 가지고 싶은 게 있으면 가졌어. 그 어떤 비합리적인 방법이라도 거리낌 없이 사용했다네."

도막생의 자세가 낮아진다.

그는 도를 역수로 쥔 뒤 허리춤에 끼웠다.

그리고 발도(拔刀)의 자세를 취했다.

도막생은 추이를 노려보며 눈을 번뜩였다.

핏발이 성성이 곤두선 눈알에 추이의 얼굴이 가득 담긴다.

"세간에 대한 나의 평가를 들어 본 적 있나?"

"쓰레기라는 것 말인가?"

"……그것 말고. 도왕(刀王)의 호적수라느니, 그런 것 말일세."

추이는 고개를 끄덕였다.

패도회주 도막생이 젊었을 시절 하북팽가의 도왕과 호적수로 통했었다는 것, 그쯤이야 추이도 이미 알고 있었던 사실이었다.

도막생은 계속 말했다.

"호사가들은 말하지. 나와 도왕이 젊었던 시절에는 서로 호각지세를 이루었었다고. 그러나 지금은 도왕이 나보다 까마득하게 위에 있다고."

"……."

"하지만 그 말은 말이야. 반만 맞는 말이라네."

"……?"

추이가 미간을 찡그렸다.

여전히 도좌윤의 목에는 칼이 살짝 파고들어가 있는 채였다.

도막생은 자세를 더욱 낮추었다.

그리고 칼 손잡이를 쥔 손에 더욱 더 힘을 주었다.

"지금 도왕의 경지가 나를 까마득하게 앞서 있다는 것은 진실. 하지만 그 전의 말은 사실이 아니지. 나와 도왕이 젊었던 시절에 호각지세를 이뤘던 호적수 사이라는 것 말이야."

이윽고, 도막생의 칼끝에 끈적한 기운이 맺힌다.

엄청나게 농밀한 농도의 도루가 칼등을 타고 흘러내려 뚝뚝 떨어지기 시작했다.

그것은 어느덧 딱딱하게 굳어, 종국에는 액체를 넘어선 고체의 형태를 이루고 있었다.

초절정(超絶頂).

절정의 무위를 넘어야만 다다를 수 있는 지고의 영역.

……어떠한 심경의 변화가 일어난 것일까.

……무슨 심득을 얻은 것일까.

갑갑한 번데기를 벗어나려는 나비처럼, 도막생은 평생의 염원이었던 절정의 단계를 막 벗어나려 하고 있었다.

폐가 용광로처럼 뜨겁게 달아오른다.

그는 쇳물처럼 부글부글 끓는 목소리로 말했다.

"그 시절. 도왕은 내 아래였어."

"……."

"젊은 패기였네. 나는 하북팽가를 방문했고 나보다 어렸던 도왕을 만났어. 그때는 도왕이라는 별호도 없었지. 아무도 보는 이 없던 연무장에서 나와 그 치는 오백여 합을 겨뤘어."

"……."

"그리고 내가 이겼지. 젊었던 날의 하루에 불과하지만, 그때는 분명히 내가 이겼어. 그는 내 발 앞에 무릎 꿇었고 패배를 인정했었으니까."

이윽고, 도막생은 말을 이었다.

"그때 도왕을 무릎 꿇렸던 마지막 수. 그 한 수가 바로 이 것이다."

도막생의 눈에서 빛이 뿜어져 나왔다.

동시에 그의 칼끝으로 모여든 도기(刀氣)가 점점 기체에서 액체, 액체에서 고체의 형태로 변해 간다.

절정을 넘어 초절정으로 접어든 고수.

그런 고수가 처절한 심경으로, 간절한 염원을 담아, 자신의 모든 것을 걸고 펼치는 비장의 한 수.

역발산기개세(力拔山氣蓋世). 건곤일척(乾坤一擲).

힘은 가히 태산을 뽑을 만하고 기운은 넘쳐 세상을 뒤덮을 만하다.

한 걸물이 몸 전체를 던져 하늘인지 땅인지를 결정하는,

그야말로 최후의 최후를 장식할 만한 일수(一手).

그것이 지금 도막생의 칼끝에서 펼쳐지려 하고 있는 것이다.

"너를 죽이고. 내 아들을 구하리라."

마치 추이를 죽이기만 하면 죽은 자식을 되살릴 수 있다고 믿는 듯, 도막생의 두 눈에서는 기이한 열기가 줄기줄기 뿜어져 나오고 있었다.

……바로 그 순간.

[지랄하고 있네.]

도막생은 자신의 귓가로 들려오는 속삭임에 퍼뜩 고개를 돌렸다.

하지만 눈에는 아무것도 보이지 않는다.

목소리는 그저 귀로 들려올 뿐이다.

[킥킥킥킥– 꼴 좋게 됐구나. 애비와 애새끼가 쌍으로 뒈지게 생겼네.]

[산 부하들은 개처럼 죽이더니, 이미 뒈진 제 아들 시체는 보옥처럼 아끼는구나! 역겨운 놈!]

[막생아– 도막생아– 언제까지 뒈진 아들 새끼 불알만 만지작거리고 있을 것이냐.]

[어차피 네 아들의 시체는 갈가리 찢겨서 똥간 똥물에 버무려지고 돼지 먹이로나 쓰이게 될 텐데.]

[오오! 내가 곧 천벌이다. 너와 네 아들을 벌하러 왔노라!]

[황금 요람에서 태어나 수많은 사람들이 떠받들어 줄 때는 몰랐겠지? 자기가 조각조각 찢겨 들개 먹이가 될 줄은. 이게 다 네놈 아들로 태어났기 때문이 아니겠느뇨?]

[네놈의 아들은 지옥 구천에서도 가장 고통스럽다는 화탕 지옥에 빠져 있다! 내가 봤지롱! 이히히히히히히히!]

창귀들이 흘리는 수많은 비웃음이 도막생의 귀를 쩌렁쩌렁하게 울리고 있었다.

"너, 너희들이 어찌……?"

도막생이 눈이 흔들린다.

그의 귓가에 들려오고 있는 목소리들의 주인을 어찌 모르겠는가?

그들은 모두 패도회의 위사들이었다.

순간.

"커-헉!?"

도막생이 피 한 사발을 토했다.

그의 칼에 실려 있던 내력들이 불안정하게 흔들리는가 싶더니 이내 빠르게 흩어지기 시작했다.

ㅊㅊㅊㅊㅊㅊ……

몸에서 힘이 빠져나간다.

내력들이 말라붙는 것을 느낀 도막생은 눈을 찢어질 듯 크게 떴다.

"어, 어째서!? 왜 하필 지금!?"

탈피하려던 나비가 급격하게 힘을 잃는다.

…푸슉!

가슴팍에서 피가 울컥울컥 뿜어져 나오고 있었다.

어느새 검게 변색된 피가.

"내 피는 독이거든."

추이가 도막생의 가슴팍을 바라보며 말했다.

"아까 찔렸지? 폐. 횡경막. 간. 췌장."

추이는 누각에 들어오기 전 도막생의 가슴팍에 송곳을 몇 번 꽂아 넣었었다.

자신의 피를 바른 송곳을 말이다.

"덩치가 크다 보니 효과가 도는 것도 오래 걸리는군. 어때, 이제 취기가 좀 올라오나?"

"……! ……! ……!"

도막생은 비틀거렸다.

쿵―

육중한 대도가 바닥에 떨어졌다.

창귀들의 조롱 때문일까? 심상세계 속에 심마(心魔)가 찾아왔다.

나비가 가장 약해지는 순간은 번데기에서 막 탈피하고 난 직후이다.

초절정이라는 경지에 올라선 고수의 마음가짐도 이 순간만큼은 물러지는 것이다.

더군다나 하나뿐인 아들을 잃은 마당에 그것을 조롱당하기까지 한다면 평정심을 유지하기란 불가능할 터.

그 시점에서 몸속에 돌기 시작한 추이의 독은 그야말로 무시무시한 효과를 발휘하고 있었다.

"카—학!?"

도막생은 입뿐만이 아니라 눈과 코, 귀에서도 피를 뿜어내고 있었다.

기혈이 역류해 몸 안의 것들을 죄다 밖으로 밀어내고 있는 것이다.

선 채로 부들부들 떠는 도막생.

그를 향해서 추이는 입을 열었다.

"도막생."

"……."

"도막생."

"……."

"도막생."

"……."

삼칭(三稱). 세 번 불렀다.

도막생은 본능적으로 직감했다.

자신이 갈 수 있는 곳은 이제 황천(黃泉) 말고는 없다는 것을.

"……그런가. 삼칭황천인가."

그는 헛웃음을 지었다.

그러고는 고개를 아래로 푹 떨구었다.

바로 그 순간.

쩌-억!

추이의 망치가 도막생의 머리를 강타한다.

움푹 파인 머릿가죽을 뼛조각 몇 개가 뚫고 나왔다.

뜨거운 피가 온천처럼 터져 나오기 시작했다.

…푸슉! …푸슉! …푸슉!

간헐천처럼 뿜어져 나오는 피와 뇌수.

하지만 추이의 망치질은 멈추지 않았다.

쩍! 쩌억! 짜-각!

한 번의 망치질에 한 명의 얼굴이 떠오른다.

파시에서 만났던 여자들의 초췌한 얼굴.

그리고 여섯 살 소녀 벽리연의 눈망울.

'……고맙습니다. 고맙습니다.'

부차루가 불탈 때 만났던, 어딘가 벽리연을 닮은 기녀의
감사 인사도 떠올랐다.

…퍽! …퍼억! …퍽!

회상과는 별개로, 망치질은 계속된다.

도막생의 머리통은 더 이상 구체의 형상을 이루고 있지 않
았다.

바로 그때.

"……잠."

도막생의 입술이 뻐끔 달싹였다.

"깐…… 만……."

추이는 망치를 잠시 멈췄다.

도막생이 끊어져 가는 목소리로 입을 열었다.

"부…… 탁…… 마지…… 막……."

그는 손을 들어 올렸다.

아니, 그것은 들어 올린 것이 아니라 끌어 올린 것에 가까웠다.

추이는 도막생이 가리키는 곳으로 고개를 돌렸다.

그곳에는 바닥에 나동그라진 도좌윤의 시신이 있었다.

"내…… 아들…… 장례…… 수습…… 내…… 손으로……
제…… 발……."

도막생의 호흡이 점점 가빠진다.

"나…… 없으…… 면…… 아무도…… 내…… 아들……."

그는 피로 범벅되어 알아볼 수 없게 된 얼굴을 들어 올렸다.

그리고 추이의 발치를 향해 힘겹게 기어 왔다.

덥썩―

도막생은 추이의 바짓가랑이를 붙잡았다.

그리고 반쯤 부서진 해골을 부비며 애걸했다.

걸해골(乞骸骨). 먼 옛날, 해골을 빌려달라고 구걸하던 초부

(樵夫)의 절실함이 이에 버금갈까.

추이는 고개를 끄덕였다.

"알겠다."

없는 시간을 쪼개어 내준 것이다.

비록 오래 내줄 생각은 없었으되 잠시 숨 고를 시간 정도는 허락해 줄 수 있었다.

"대신. 네가 지금껏 인생을 잘못 살았음을 인정해라. 그리고 네가 괴롭히고 죽인 모든 이들에게 사과해라."

도막생은 대답하지 않았다.

다만 피를 뚝뚝 떨어트리며 고개를 끄덕였을 뿐이다.

이윽고.

도막생은 시비들의 피로 물든 계단을 향해 힘겹게 일어섰다.

…쿵!

비틀거리며 일어서던 도중 옆으로 쓰러졌지만 결국 다시 몸을 일으켜 세웠다.

한 번의 절.

도막생은 엎드린 자세에서 또다시 일어났다.

이 과정에서 몇 번이나 넘어졌기에 결국에는 피범벅된 손으로 벽을 짚으며 일어나야 했다.

두 번의 절.

모든 힘을 쥐어 짜내어 자신이 죽인 이들에게 두 번의 절을 올린 도막생.

그 뒤에야 그는 아들에게로 갈 수 있었다.

비틀거리며 쓰러지기를 또 몇 번.

도막생은 쓰러져 있는 아들의 시신을 끌어안았다.

자는 듯 눈을 감고 있는 도좌윤.

"아들…… 아……."

도막생의 입이 열렸다.

"사랑……한다…… 부디…… 그곳…… 에…… 서는……."

그의 손이 천천히 옆으로 움직였다.

주르륵—

등잔 속에 있던 향유가 도좌윤의 몸 위로 뿌려졌다.

이윽고, 등불의 불이 도좌윤의 몸 위로 옮겨붙었다.

화르르륵!

붉게 타오르는 불길이 도좌윤을, 관짝 전체를, 이윽고 누
각의 천장을 태운다.

곧 누각 전체로 불이 번지기 시작했다.

두 손을 가지런히 모은 채 잠든 아들을 보며, 도막생이 중
얼거렸다.

"나뭇…… 가지가…… 가을…… 바람에…… 흔들려……."

그의 눈에서 피눈물이 흘러나온다.

그것은 분노일까, 후회일까, 속죄일까, 그리움일까, 아니
면 단순한 생리 현상일까.

"나뭇잎…… 어디로…… 가…… 는지…… 몰……."

망치를 든 추이는 그것을 알지 못했다.

…뻐억!

별로 관심도 없었고.

부차루 때처럼 활활 불타고 있는 패도회의 누각.

도좌윤의 시체 위로 엎어진 도막생의 시체 또한 한 개비의 장작이 되었다.

"……."

추이는 밤하늘을 붉게 물들이고 있는 화광을 뒤로한 채 누각 바깥으로 나왔다.

그곳에는 오자운이 기다리고 있었다.

추이가 물었다.

"해백정은?"

"도망갔다."

"그렇군."

간단한 상황 요약이었다.

오자운은 불타고 있는 누각을 올려다보며 말했다.

"부모로서의 의기는 가상하다만, 자기 자식 귀한 줄 알면 남의 자식도 귀한 줄을 알아야지. 결국 그것이 자신뿐만 아니라 제 자식마저 망쳐 놓았구나. 어리석도다."

하지만 추이는 이미 그곳에서 고개를 돌려 버린 지 오래였다.

"감상에 취할 시간 없다. 빨리 움직여."

"움직여? 무엇을?"

"방을 붙일 것이다."

"아하. 패도회의 악행을 널리 알리자는 것이군."

"그것도 있고."

"……? 뭐 달리 목적이 또 있는가?"

오자운이 묻자 추이는 슬쩍 고개를 돌렸다.

그러고는 여느 때와 다름없는 차분한 목소리로 대답했다.

"무림맹의 개들을 도발해서 몰살시킬 것이다."

추이의 말을 들은 오자운이 무릎을 탁 쳤다.

"역시 미쳤군."

…쿠르르르르륵!

거대한 불꽃이 패도회의 장원을 집어삼킨다.

호수 위의 섬에서 시작된 불길은 점차 장원 전체로 번져가 종국에는 담벼락까지 시커먼 연기로 뒤덮어 버렸다.

…뿌직! …뿌직! …뿌직! 와르르르르르르−

불똥들에게 쥐파먹힌 서까래가 뚝 부러지자 지붕 위에 올라가 있던 기와들이 한꺼번에 주저앉았다.

잿가루와 흙먼지가 뒤섞여 주변을 새까맣게 물들이고 있었다.

"으아아! 불이야!"

"모두 피해! 끌 수 있는 게 아냐!"

"불이야! 불! 모두 피해!"

"관에 협조 요청을 해야 돼!"

"어서 원월 님을 모셔 와!"

하인들이 우르르 쏟아져 나온다.

여기저기서 물동이를 든 사람들이 튀어나왔지만 다른 곳으로 번지는 불길을 막는 것이 고작이었다.

콰르르르르륵! 뿌직! 뿌지직! 콰쾅― 우르르릉……

하늘 높이 시뻘건 불과 시커먼 연기가 치솟았다.

텅 빈 패도회의 장원은 그대로 화마의 먹잇감이 되었다.

"……."

추이는 무너지다 만 누각의 잔해 위에 서 있었다.

불이 번져 가는 장원을 내려다보면서 말이다.

저 멀리 섬 중앙의 누각이 조용히 불타고 있다.

그것은 마치 제사상의 향로에 꽂혀 있는 하나의 긴 향(香)처럼 보였다.

휘―이이이이잉……

도막생과 도자윤 부자의 몸을 태운 연기는 하늘로 올라가지 못하고 장원 안을 얼마간 떠도는가 싶더니 이내 바람에 떠밀려 호숫가로 내려앉았다.

그리고 호숫물의 중앙으로 빨려드는 듯 사라져 버렸다.

오자운이 말했다.

"악인의 최후치고는 참 허망하군."

"모든 최후는 허망한 거야. 사람이라면 누구든."

추이는 별다른 감흥 없다는 듯 병장기를 품속에 갈무리했다.

두 자루의 송곳, 한 자루의 망치, 두 뭉치의 잠사(蠶絲), 작은 항아리에 반쯤 찬 강족의 독, 이제는 수가 많이 줄어든 마름쇠들.

그리고 곤귀를 죽이고 빼앗은 묵죽곤(墨竹棍)까지.

이것이 추이가 가진 무기들의 전부였다.

패도회를 쓸어버리는 동안 무기들이 많이 줄어들었다.

남아 있는 것들의 상태도 그다지 좋은 편은 아니었다.

추이는 끝이 뭉툭해진 송곳과 옆으로 미미하게 휘어진 망치 머리를 보며 말했다.

"조만간 무기를 더 장만해야겠군."

"전에 쓰던 무기들은 어디서 조달했는가? 꽤 잘 만든 것들이던데."

"안휘성에 은거하고 있던 장인을 찾아갔었지. 그가 만들어 준 창은 잃어버렸지만."

"그러고 보니 자네도 창날이 필요하겠군. 곤보다는 당연히 창이 더 나을 테니."

오자운이 추이의 곤을 툭 건드리며 말했다.

그때.

…뚝!

그들이 서 있던 지붕 아래의 대들보가 불에 타 무너져 내렸다.

오자운은 와르르 쏟아져 내리는 기와들을 연달아 밟으며 허공을 건너갔다.

이윽고, 그는 담벼락 위로 뛰어내리며 추이를 돌아보았다.

"우리도 이제 가야겠…… 엇?"

뒤를 돌아본 오자운은 깜짝 놀라야 했다.

뒤에는 아무도 없었고, 추이는 어느새 그의 앞에 서 있었기 때문이다.

"가자. 무림맹의 개들을 맞이할 준비를 해야지."

"원…… 말이나 좀 하고 움직이게. 움직이는 걸 보면 사람인지 귀신인지 모르겠구만."

오자운이 혀를 내둘렀다.

천하의 남궁천조차도 추격할 의욕을 잃어버리게 만드는 추이의 경공술이다.

이윽고.

추이는 재투성이가 된 패도회의 정문 앞에다가 방(榜)을 붙였다.

조가장을 멸문시켰을 때와 같이, 내용은 간단했다.

一. 사도(私道)가 선을 넘었다. 무고한 여자들을 납치해 노예로 부리고 장강의 도적들에게 팔아넘겼다.

二. 그로 인해 피해를 본 사람들을 대신해 벌을 내린다.

三. 뒤를 쫓아오는 이들은 패도회를 옹호하는 악적(惡敵)들로 간주할 것이다.

첫 번째와 두 번째는 조가장에 붙인 방과 비슷했으나 세 번째는 아니었다.

왜냐하면 그것은 모두에게 하는 말이 아니라 특정 집단에만 전하는 말이었기 때문이다.

객잔.

한 점소이가 술과 음식들을 내온다.

죽립을 쓴 여인 하나가 객잔 구석에서 조용히 음식들을 먹고 있었다.

채수(菜水)를 우려낸 국물에 만 소면.

시들시들한 푸성귀를 돼지기름으로 볶아낸 소채볶음.

돼지의 뒷다리살을 크게 깍뚝깍뚝 썰어서 정육면체 모양으로 만든 뒤 묘한 맛이 나는 간장에 푹 재웠다가 통째로 쪄낸 요리.

그리고 놋쇠 사발 속, 푸르스름한 빛깔이 도는 탁주.

여자는 돼지고기와 야채, 소면을 몇 젓가락 집어먹고는 내려놓았다.

그리고 옆에 있는 놋그릇 속 탁주에는 시선조차 주지 않았다.

그녀는 옆 탁자에서 들려오는 이야기에 조용히 귀를 기울이고 있었다.

의록주(蟻綠酒) 몇 사발을 퍼 마시고 얼큰하게 취한 호사가 몇몇이 이야기를 나누고 있었다.

"이번 패도회의 혈사는 사필귀정(事必歸正)일세."

한 사내가 말했다.

그는 탁자를 탕 치며 분연히 일어났다.

"그간 패도회 놈들이 한 악랄한 만행들은 이 고을 사람들이라면 모르는 이가 없어."

"암. 나도 그놈들에게 딸을 잃었네. 빚을 갚지 못했다면서 눈앞에서 끌고 가는데, 저항했다가 불구가 된 이 오른쪽 무릎이 아직도 비만 오면 욱신거려서 잠을 못 자."

옆에 있던 남자가 고개를 주억거린다.

그때, 옆에 있던 노인이 수염을 쓰다듬으며 말했다.

　"어험. 그래도 도막생, 그자의 마지막은 조금 안됐어. 아들을 먼저 보내고 그 뒤를 따라 목숨을 잃은 셈이니……."

　"이봐. 노인장! 안됐기는 뭐가 안됐단 말인가! 그 흉신악살 같은 놈이 지금까지 이 일대 사람들에게 얼마나 패악질을 부려 왔는데!"

　"아니 나는 그저 부모의 마음에서 말했을 뿐인데……."

　"진짜 부모의 마음이거든 아들 잃은 도막생 놈에게 공감할 것이 아니라 그 도막생 놈에게 수많은 딸자식들을 잃은 아비의 입장에서 공감을 해야지! 어디서 되도 않는 감성을 팔려드는가! 그걸 누가 사! 호구도 아니고!"

　극소수, 패도회에 닥친 불행을 동정하는 이가 있었지만 거의 절대다수는 속이 시원하다는 반응이었다.

　그때. 주방에서 나오던 한 여인이 말했다.

　"그나저나. 방 붙은 거 봤어요?"

　"암만. 봤지. 그거 보고 지금 다들 이 얘기하는 것 아닌가. 오죽했으면 어? 소관의 경비대장 원월 장군이 친히 와서 패도회의 잔해를 뒤져서 장부를 압수수색 했겠냐고. 이제 패도회 놈들의 만행이 온 천하에 알려지는 것은 시간문제야."

　"저는 첫 번째랑 두 번째 내용은 이해가 되는데, 세 번째 내용은 잘 이해가 안 되더라구요. 그건 뭘까요?"

　"흠. 그건 나도 잘 모르겠더군. 뭘 위해 써 놓은 말인지."

사람들은 방에 적혀 있는 세 번째 내용에 대해 저마다 이야기했다.

그러는 동안.

…탁!

죽립을 쓴 여인은 젓가락을 내려놓았다.

식사를 마친 그녀는 그대로 탁자에서 일어나 객잔 밖으로 나갔다.

"어어? 손님? 술은 한 입도 안 드셨네. 이거 버리고 가시는 거면 제가 먹습니다요? 아이고, 이거 고기랑 소면도 다 남기셨네."

점소이가 탁자를 치우며 소리쳤지만 그녀는 돌아보지 않은 채 바쁜 걸음으로 대로를 향해 걸었다.

"……민심이 이상하게 흘러가는데 이거."

검화(劍花) 남궁율. 남궁세가의 자월특작조를 이끌고 있는 그녀는 현 전역을 돌아다니며 정보를 모으고 있는 중이었다.

이윽고, 그녀는 약속 장소인 대나무숲으로 향했다.

그곳에는 이미 자월특작조의 조원들과 무림맹의 추격대원들이 모여 있었다.

"무엇을 좀 알아낸 게 있나?"

무림맹 쪽에서 날카로운 인상을 지닌 한 중년인이 걸어 나왔다.

낭와진인 비무극. 그는 사망매화를 추격하여 이곳 머나먼

호북성까지 온 인물이다.

남궁율은 등천학관의 교관이기도 한 그에게 예의를 차렸다.

"표적에 대한 민심이 상당히 좋습니다. 이번에 패도회를 전멸시킨 일 때문에 그런 것 같습니다."

"우리도 알아보았다. 삼칭황천과 사망매화, 둘이서 손을 잡고 패도회를 쓸어버렸더군."

비무극은 옆을 향해 턱짓했다.

그쪽에는 비둘기 몇 마리를 어깨에 얹고 있는 무림맹의 무인이 있었다.

"그래서 우리는 삼칭황천이라는 자 역시도 무림공적 명단에 이름을 올려놓기 위해 무림맹으로 전서구를 보낸 참이다."

"무림공적의 도주를 도우면 무림공적이지요. 하물며 그들이 마교를 향해 가고 있는 이 시점에서는 당연한 처사입니다."

남궁율은 고개를 끄덕였다.

그러고는 비무극에게 건의했다.

"이 시점에서 둘의 행방이 초장현을 지나간 것으로 확인되니 곧 증원 요청을 하겠습니다. 아버님께 연락을 취해 놓았으니 곧 저희 남궁세가에서도 지원이 있을 것입니다."

"아니."

비무극은 남궁율의 말을 잘랐다.

"증원은 필요 없다. 우리는 이대로 놈을 추격하여 잡는다."

"예? 아니 어째서입니까?"

"어째서긴. 놈의 꼬리를 붙잡았는데 어찌 이런 곳에서 시간을 죽이겠는가. 증원이 오기까지는 최소 삼 일 이상이 걸릴 터인데, 그동안 가만히 기다릴 수는 없지. 또한……."

비무극은 찢어진 방문 하나를 집어 들었다.

一. 사도(私道)가 선을 넘었다. 무고한 여자들을 납치해 노예로 부리고 장강의 도적들에게 팔아넘겼다.

二. 그로 인해 피해를 본 사람들을 대신해 벌을 내린다.

三. 뒤를 쫓아오는 이들은 패도회를 옹호하는 악적(惡敵)들로 간주할 것이다.

그가 가만히 들여다보고 있는 것은 바로 세 번째 글귀였다.

"자신들의 뒤를 뒤쫓아 오는 이들은 악적이라. 명분 싸움을 하는군. 사매를 간살하고 도망친 놈이 무슨 자신감으로 이러는지 모르겠어."

비무극은 방문을 갈기갈기 찢어 버렸다.

그리고 차가운 낯빛으로 고개를 들어 남궁율을 바라보았다.

"이것은 우리에 대한 도발이나 다름없다."

"도발이라면 더더욱 상대할 이유가 없지 않겠습니까. 놈은 추격대를 유인하고 있는 것일지도 모릅니다."

"어차피 천라지망을 뚫느라 만신창이가 되어 곧 죽을 놈이다. 그 와중에 패도회와 전면전을 치르기까지 했으니 곧 죽어도 이상하지 않을 상태겠지. 아마 죽기 직전에 마지막으로 발악을 할 생각일 게야."

"뭔가 사악한 꿍꿍이가 있는 것이 아닐까요?"

"아니."

남궁율의 말에 비무극은 고개를 저었다.

"내가 아는 사망매화, 그는 사악한 흉계를 꾸밀 자가 아니다. 아마 마지막으로 분기를 토해 낼 생각일 게야."

"……?"

사매를 간살하고 도망간 자의 도덕성을 의심하지 않는다니.

꽤나 모순적인 말이었기에 남궁율은 고개를 갸웃할 수밖에 없었다.

하지만 그러거나 말거나, 비무극은 말을 계속했다.

"그리고 그놈의 목을 베는 것은 바로 나다."

그는 허리춤의 칼을 빼 들었다.

일곱 개의 붉은 보석이 박힌 검.

그것이 죽림 사이로 새어 들어오는 빛을 받아 찬란하게 빛난다.

"흙에 더럽혀진 매화잎은 깨끗한 매화잎으로 덮어야지."

"……."

화산의 오명은 화산의 칼로 덮는다.

남궁율은 천천히 고개를 끄덕였다.

비무극의 말에는 약간의 무리함이 있었지만 그것은 대의명분이라는 것으로 충분히 덮을 만한 수준이었다.

이윽고, 비무극은 자신의 뒤를 따르는 무림맹의 무인들을 돌아보며 말했다.

"사망매화 척살대는 들어라. 지금부터 한시도 쉬지 않고 달려 놈들을 따라잡는다. 이틀이면 놈의 얼굴을 볼 수 있게 될 것이다."

사냥개들이 이빨을 드러냈다.

곧 물어뜯을 모가지에서 뿜어져 나올 뜨거운 핏물의 맛을 기대하면서.

감조유적(減竈誘敵)

타닥– 타닥– 타닥–

모닥불이 타오른다.

세로로 쪼갠 대나무 살에 쥐 한 마리가 꿰였다.

오자운은 벗겨 낸 쥐 가죽을 불가에 던져 넣었다.

지글지글지글지글……

쥐 고기가 불길에 노릇노릇 익어 가며 기름방울을 떨군다.

어두운 산중에 누린내가 퍼져 나가고 있었다.

"이것만 먹고 얼른 움직이지. 해 뜨기 전에 다음 봉우리를 넘어야 하니."

옆에 있던 추이가 말했다.

그는 불구덩이 속에서 큼지막한 지네 한 마리를 빼내 태연한 표정으로 씹어 먹고 있었다.

오자운이 손으로 얼굴을 짚었다.

"쥐는 그렇다 쳐도 지네는 못 먹겠어. 비위가 상해."

"다 똑같은 고기일 뿐이다."

"똑같다니. 지네는 좀…… 너무 바삭거리잖나. 육즙도 안
나오고."

"의외로 나와."

"으……."

추이는 툴툴거리는 오자운의 말을 무시한 채 고개를 돌렸
다.

야음에 젖은 산세가 보인다.

이곳은 청해로 곧장 통하는 산속의 비로(秘路).

인간의 발걸음이 거의 닿지 않는 숨겨진 길이다.

최대 난관인 초장현의 성벽을 넘어왔으니 이제 천산산맥
으로 직통하는 잔도가 코앞이었다.

이 산길은 그 잔도가 있는 단장애(斷腸崖)로 곧장 이어지는
길이기에 오자운의 발걸음은 가벼웠다.

"이 산맥만 넘어가면 마교의 총본산까지 직통이다. 거리
는 멀지만 장애물이 없으니 사실상 긴 여행길만이 남아 있을
뿐. 거기서부터는 혼자서도 충분히 갈 수 있을 것이다."

추이의 말에 오자운이 고개를 끄덕이며 대답했다.

"한데, 자네는 어떻게 이 길을 아는가?"

"전에 한번 와 봤거든."

"전에? 언제?"

"……."

오자운의 말에 추이는 입을 다물었다.

회귀하기 전의 지난 삶에, 당신과 함께 왔었다고 말해 봤자 믿을 리가 없기 때문이다.

과거. 오자운은 이 산맥을 따라 가다가 추격대에게 뒤를 잡혔다.

그리고 마교의 총본산으로 통하는 천산산맥의 비도(秘道)를 눈앞에 둔 채 눈을 감았다.

'이번에는 그렇게 되지 않을 것이다.'

추이는 삭정이와 낙엽을 모아 만든 움막을 무너트렸다.

그리고 구덩이 속의 모닥불 속으로 던져 넣었다.

와르르-

구덩이 속에서 피어오르는 화광과 연기가 하늘 높이까지 치솟고 있었다.

그때. 오자운이 물었다.

"그런데 왜 이렇게 대놓고 흔적을 남기면서 가는 건가?"

일반적인 상황에서 도망자는 도주의 흔적을 지우기 위해 최선을 다한다.

불은 연기나 빛, 냄새, 재 등의 부산물을 많이 남기기에 가능한 한 사용하지 않으며 발자국을 지우거나 나뭇가지를 꺾으며 지나가지 않도록 움직임을 조심한다.

하지만 추이는 그런 것 따위 아랑곳하지 않았다.

지금껏 머문 장소마다 모닥불을 피웠고 그 잔해들을 여기 저기 남겨 놓았다.

발자국을 지우지 않았고 나뭇가지는 그냥 뚝뚝 꺾으면서 지나갔다.

심지어 어떨 때에는 모닥불에 젖은 낙엽들을 던져 넣어 일부러 연기를 피우기도 했다.

마치 추격대에게 움직인 경로를 알리기라도 하려는 듯 말이다.

……그뿐만이 아니었다.

추이는 죽통에 길어 놓았던 물을 그대로 놓고 가거나 도마뱀 등을 잡아 구워 놓은 뒤 남겨 놓고 가기도 했다.

기껏 구해 놓은 식량과 식수를 내버리고 가는 것이다.

오자운은 머리를 긁적이며 말했다.

"허, 참. 이건 추격자들에게 나 여기 있소! 라고 소리치며 다니는 꼴이나 다름없군."

더군다나 그 간격은 더욱 짧아지고 있었다.

처음 추이는 두 개의 산봉우리를 넘을 때마다 모닥불을 피우고 야영을 했는데, 점차 한 개의 산봉우리를 넘을 때마다 야영지를 만들었고, 이제는 산봉우리 하나를 넘을 때마다 두 개의 야영지를 만들고 있었다.

이번에도 그랬다.

산봉우리 하나를 넘어온 추이는 곧바로 잘 곳을 만들었고 근처에 또 다른 모닥불을 지폈다.

이번이 한 봉우리를 넘으면서 만든 세 번째 야영지였다.

오자운은 그것이 의아할 따름이었다.

"쫓기는 처지에 이렇게 잘 쉬는 것도 이상하군. 체력이 너무 남아돌아. 기왕 이렇게 된 거 제대로 된 고기만 좀 먹을 수 있으면 딱이겠는데. 쥐나 도마뱀 말고 말이야."

바로 그때, 오자운의 말에 응답이라도 하듯 수풀 너머에서 요란한 소리가 들려왔다.

꿰엑- 꿱!

낙엽과 덤불 너머에서 거대한 멧돼지 한 마리가 모습을 드러냈다.

추이가 손을 털며 일어났다.

"이제야 왔군."

창귀들이 멧돼지의 옆을 맴돌며 낄낄 웃고 있는 것이 보인다.

물론 추이의 눈에만 보이는 광경이었다.

꿰에에에에에에엑!

이 거대한 멧돼지는 근방의 산봉우리에서 오랫동안 살아온 터줏대감.

산군이라 하는 커다란 범에게 잡혀서도 몇 번이나 살아 돌아온 전력이 있는 맹수였다.

그 증거로 놈의 얼굴과 옆구리에는 거대한 앞발에 당한 손톱자국이 훈장처럼 패여 있었다.

……하지만.

추이의 눈빛을 마주한 멧돼지는 이내 자신의 생각이 잘못되었다는 것을 느꼈다.

불길을 등지고 이글거리는 눈.

그 시뻘건 기운.

그것은 범, 아니 그 이상의 무시무시한 괴물의 것이었다.

꿰에에에에에에에엑!

멧돼지는 오줌을 지리며 뒷걸음질 쳤다.

본디 신체 구조상 뒷걸음질을 칠 수 없는 멧돼지이건만, 죽음에 대한 공포는 그것을 가능케 만들었다.

하지만.

콰악!

멧돼지는 도망칠 수 없었다.

꾸─우우욱……

추이의 발이 멧돼지의 엄니를 단단히 찍어 눌렀다.

아무리 힘을 주어 비틀어도 저 발에 밟힌 엄니를 빼낼 수가 없다.

엄청난 무게와 위압감.

산군에게 목덜미를 물렸을 때조차도 느껴 본 적 없었던 공포.

멧돼지는 감히 몸부림칠 생각조차 하지 못하고 달달 떨고 있었다.

이윽고, 정체불명의 시뻘건 괴물이 두 개의 송곳니를 드러낸다.

…콰득! 뻐—억!

추이는 두 개의 송곳을 꺼내 들어 그것으로 멧돼지의 두개골 위를 내리찍었다.

두개골에 구멍이 난 멧돼지는 그 자리에서 눈을 까뒤집고 즉사해 버렸다.

이에 대한 오자운의 반응은 꽤나 간결했다.

"오, 잘됐군. 고기를 먹을 수 있겠어."

하지만, 추이는 멧돼지의 고기보다는 다른 곳에 더 관심이 있는 것 같았다.

…뿍!

멧돼지의 목에 송곳이 틀어박힌다.

추이는 송곳을 뽑아내고는 빨간 핏물을 뽑아냈다.

그리고 그 피를 바닥에 여러 번 뿌렸다.

촤악—

모닥불가에 핏물이 쏟아진다.

그 옆에는 버리고 갈 육포와 물통들이 놓였다.

순간 오자운이 무릎을 탁 쳤다.

"아하! 그런 악랄한 흉계였군!"

지금까지 추이가 해 왔던 이상한 일들의 의도를 드디어 깨달은 것이다.

※※

소쩍- 소쩍-

불여귀(不如歸)가 우는 산중.

어둠을 뚫고 몇 개의 그림자가 수풀을 가른다.

무림맹의 추격대를 이끄는 낭와진인 비무극.

그리고 남궁세가의 자월특작조를 이끄는 검화 남궁율이었다.

그들은 현재 사망매화와 삼칭황천을 뒤쫓고 있는 중이다.

"여기 모닥불을 피운 흔적이 있습니다!"

앞서 달리던 척후가 보고를 해 왔다.

남궁율이 비무극을 돌아보며 말했다.

"여기서 조금만 남하하면 공동파가 있습니다. 들러서 협조를 구할까요?"

"그건 후퇴하는 길이잖나. 불가하다."

비무극은 도움을 요청하는 대신 발걸음에 박차를 가했다.

그는 초조해하고 있었다.

"초장현의 소관을 넘어가고 나면 특별히 경계가 삼엄한 곳이 없다. 다 험한 산지로 가로막혀 있어서 감시가 드물지. 그렇다는 것은 험한 산세를 극복할 능력만 된다면 얼마든지 관문들을 넘어갈 수 있다는 뜻이야."

실제로 지금 추격대가 오르고 있는 산길은 어마어마하게 가파르고 험한 모양으로 굽이굽이 휘어져 있었다.

비무극은 이를 악물었다.

"이런 험지에서는 흔적을 놓치는 순간 영영 끝이다. 비만 한번 쏟아져도 단서들이 죄다 씻겨 내려갈 거야."

그 말에 남궁율 역시도 고개를 끄덕였다.

비무극은 사망매화를 추격하는 것에 어마어마한 신념을 가지고 있었다.

화산의 오명을 기필코 자신의 손으로 씻어내겠다는 의지일까?

그의 눈빛은 사망매화의 흔적이 점점 가까워짐에 따라 더더욱 기이하게 불타오르고 있는 것이다.

이윽고, 비무극은 야영지의 흔적을 찾아냈다.

불타고 남은 잿더미 주위로 흩어져 있는 발자국.

비무극의 날카로운 시선이 모닥불이 있었던 곳 주위를 살폈다.

타다 남은 삭정이와 낙엽, 잿더미.

그리고 버려져 있는 도마뱀 고기와 대나무 물통.

비무극은 모닥불가에 반쯤 파묻혀 있던 도마뱀 고기를 손으로 만져 보았다.

"잘 건조되었군. 이 정도면 휴대하기에도 나쁘지 않았을 것인데, 굳이 버리고 가다니……"

그다음은 대나무 통이었다.

비무극은 대나무 통을 집어 들고 몇 번 흔들었다.

꽤 묵직한 것이 안에 물이 꽉 차 있는 것이 느껴진다.

남궁율이 고개를 갸웃했다.

"왜 기껏 잡은 고기랑 길어 온 물을 그냥 두고 갔을까요?"

"왜겠나."

비무극이 대답했다.

"놈은 기나긴 추격 생활, 그리고 패도회의 전쟁으로 인해 약해져 있을 터. 그런 와중에 이런 험한 산길을 도주로로 삼았으니 기력이 많이 소진되었을 게야. 그쯤 되면 짊어지고 있는 식량과 식수 역시도 짐짝처럼 느껴지겠지."

"설마. 아무리 그래도 식량과 식수를 버릴까요?"

"그것조차도 무겁게 느껴질 정도로 몸 상태가 악화된 것이 아닐까 싶은데."

바로 그 순간. 반대편을 수색하고 있던 무림맹의 무사들이 무언가를 발견했다.

"핏자국입니다!"

"……!"

비무극은 황급히 그쪽으로 달려가 보았다.

아니나 다를까, 바닥에 핏자국이 넓게 말라붙어 있는 것이
보인다.

"이 정도 토혈이면 내상이 심각한 듯하군."

비무극은 풀잎 위에 묻어난 핏덩이를 손가락으로 떠 보았
다.

끈적하게 묻어나는 선혈에서는 비릿한 냄새가 풍긴다.

"아직 완전히 굳지도 않았어. 쏟아진 지 얼마 안 됐다."

그 말을 들은 사냥개들의 눈에 불이 켜졌다.

버리고 간 식량, 토혈의 흔적.

사냥감이 점차 약해지고 있다는 뜻이다.

비무극이 외쳤다.

"놈은 식량과 식수를 짊어지고 가지도 못할 만큼 약해졌다!
그리고 산봉우리 하나를 넘는 동안 세 번이나 쉬어야 할 정도
로 지친 상태다! 이렇게 피까지 토해 놓은 것을 보면 그냥 놔
두어도 오래 살지 못할 것이 틀림없다! 하지만 사매를 간살하
고 도망친 악적을 이렇게 편히 죽게 놔두어도 되겠는가!?"

"아닙니다! 찾아내 죽여야 합니다!"

무림맹의 추격조들이 칼을 뽑아 들며 외쳤다.

비무극은 다시 한번 말을 이었다.

"놈은 약해져 있다! 우리들 중 한 명의 칼을 받아 내기도
버거운 상태일 것이다!"

그는 확신했다.

아직 굳어지지 않은 피, 열기가 남아 있는 잿가루를 보면 알 수 있는 사실이었다.

"놈은 분명 이곳에서 멀지 않은 곳에 있다! 지금부터는 각자 흩어져서 찾는다!"

그 말에 추격자들의 눈에 불이 켜졌다.

죽어 가는 사냥감.

가만히 놔두기만 해도 숨이 끊어질 듯 약해져 있는 상대.

이런 상대는 먼저 주워 먹는 놈이 임자 아닌가.

"사망매화 오자운의 목을 치는 자가 이번 추격행의 일등공신으로 봉해질 것이야!"

비무극이 쐐기를 박았다.

채앵- 챙! 스르릉……

칼집에서 뽑혀 나온 칼날이 달빛을 받아 번뜩인다.

사냥개들이 각자 숲속으로 달려 들어가고 있었다.

사사사사사사삭-

저마다 날카로운 이빨을 드러낸 채로.

남궁율.

나이 스물.

별호는 검화(劍花).

정도십오주의 한 축인 남궁세가의 적통.

무림맹 최고의 교육기관인 등천학관에서도 단 한 번도 수석을 놓쳐 본 적 없는 인재 중의 인재.

그녀는 자신을 둘러싸고 있는 모든 휘황찬란한 명예들에도 불구하고 항상 겸손했다.

고귀한 대접들을 당연하게 생각하지 않고 항상 자신을 가혹하게 단련했으며 자신에게도 타인에게도 엄격한 성격이었다.

……하지만.

그런 남궁율의 마음속에도 자그마한 오만은 존재했다.

앞서 말한 모든 명예들을 의식하지 않고 항상 겸손하게 노력하는 자신.

그런 자신에 취해 저도 모르게 품은 거만함.

'나 정도면 강호행을 나가도 문제없지 않을까?'

이런 생각이 그녀 자신조차도 모를 정도로 깊숙한 마음속 어딘가에 자리 잡고 있었던 것이다.

그러나. 그것이 아니었다.

막상 강호에 나와 보니 모든 것이 그녀의 예상과는 다르게 돌아갔다.

노력과 수행으로 극복할 수 없는 것.

아무리 반복해서 경험하고 또 경험해도 결코 익숙해지지 않는 것.

그것들은 너무나도 사소하고 시시콜콜해서 생각조차 해본 적 없던 것들이었다.

추운 비바람, 흙먼지, 풍토병, 설사, 땀, 갈아입을 옷, 날벌레, 배고픔, 비위생적인 음식과 잠자리, 상인들의 불친절, 사기꾼, 갑자기 마려운 똥오줌, 더러운 화장실…….

강호 무림의 세계는 무(武)와 협(俠), 장쾌하게 부딪치는 창칼로만 이루어져 있는 것이 아니었다.

그것들은 오히려 극히 일부분에 불과했던 것이다.

……그리고 이것들을 가장 절실하게 느낀 것은 단연코 이번 추격행.

바로 삼칭황천이라는 인물을 뒤쫓는 여정에서였다.

"허억…… 허억…… 허억……."

남궁율은 비 오듯 쏟아지는 땀을 닦으며 산봉우리를 올랐다.

태곳적 이래 사람이 한 번도 오지 않았을 것만 같은 숲속.

풀과 넝쿨, 나뭇가지들로 뒤얽혀 있는 바위들은 올라오지 말라고 하는 듯 높게 솟구쳐 있다.

이름도 없는 이 산자락을 타 올라가며, 남궁율은 생각했다.

남궁세가와 등천학관에 있었을 때의 자신을.

그곳에서 보냈던 시간들을 '수행'이라고 생각했었던 과거의 자신을.

때 되면 깨끗한 이부자리에서 일어나, 때 되면 깨끗한 온수로 씻고, 깨끗한 옷으로 갈아입고, 깨끗한 음식을 먹고, 정해진 시간 동안 무예와 학문을 닦다가, 또다시 깨끗한 음식을 먹고, 깨끗한 온수로 씻고, 깨끗한 옷으로 갈아입고, 깨끗한 이부자리에서 잠들었던 나날.

그런 나날들은 그저 축복이었다.

감히 수행이라는 말을 갖다 댈 수도 없을 만큼 안락한 요람에서의 생활이었다.

남궁세가의 금지옥엽으로 통했든, 등천학관의 수재로 통했든, 그런 모든 것들은 이곳 산속에서 아무런 소용도 없었다.

그녀는 요람에서 나왔고, 이제는 모든 것을 야생에서 직접 조달해야 했다.

발바닥이 터져 피가 나도 계속 걸어가지 않으면 그날 밤은 비바람을 맞아야 하는 삶.

국그릇에 날벌레 몇 마리쯤 떠다니는 것이 대수롭지 않은 식사.

토악질 나는 냄새가 나는 변소조차 그리워지게 만드는 풀숲에서의 일처리.

그 과정에서 깨끗한 이부자리는 낙엽과 삭정이를 깔아 놓은 구덩이가 되었고, 깨끗한 목욕물은 며칠에 한 번 만날 수 있는 개울가가 되었고, 깨끗한 옷은 일주일에 한 번 빨아 입을 수 있으면 감지덕지하는 마음이 되었다.

만약 자월특작조의 무사들이 그녀가 눈치채지 못하도록 암암리에 수발을 들어 주지 않았다면 남궁율은 삼칭황천을 잡기는커녕 여기까지 오지도 못했으리라.

그 점이 못내 부끄러웠던 남궁율은 이를 악물고 산을 올랐다.

삼칭황천을 만난다면 당당하게 '내 힘으로 그대를 뒤쫓아 왔고, 이제 원수를 갚으려 하노라!'라고 외치기 위해, 발바닥이 터져 피가 나는 것도 모른 채 바위를 기어올랐다.

이쯤 되면 오기와 독기, 악만 남아 버린 그녀는 정신력만으로 계속 삼칭황천의 뒤를 쫓고 있었다.

바로 그때.

남궁율의 정신을 번쩍 들게 만드는 소리가 들려왔다.

크르릉!

산봉우리 전체를 쩌렁쩌렁 떨어 울리는 소리.

그것은 산중 깊은 곳에 있는 범이 내지르는 노호성이었다.

"……!"

어디선가 들려오는 맹수의 포효에 남궁율은 퍼뜩 정신을 차렸다.

바윗골 사이에 몇 겹으로 메아리치는 범 소리를 피해 남궁율은 발걸음을 옆으로 틀었다.

그때, 그녀의 눈에 무언가가 들어왔다.

앙상한 나뭇가지들 사이에 혼자서만 꺾여 있는 나뭇가지.

야영지에서 같이 출발했던 무림맹의 무사가 남긴 표식이다.

그것은 동남쪽을 가리키고 있었다.

이곳은 그가 이미 찾아봤고 이제는 동남쪽으로 수색 범위를 넓히겠다는 뜻이다.

'아, 남의 수색 구역에 들어왔구나.'

남궁율은 작게 한숨을 쉬었다.

그리고 범의 포효가 들려왔던 반대편을 향해 올라가려 했다.

바로 그때.

"어딜 가나?"

뒤에서 나지막한 목소리가 들려왔다.

그 음성을 듣는 순간 남궁율은 뒷목의 머리카락이 쭈뼛 곤두서는 것을 느꼈다.

이 목소리를 어찌 잊겠나.

꿈에서도 몇 번, 몇십 번을 반복해서 들었던 목소리이거늘.

"……!"

남궁율은 재빨리 몸을 돌려 허리춤의 칼을 뽑으려 했다.

그때.

"아앗!?"

그녀는 발바닥에서 느껴지는 쓰라린 통증에 그만 미끄러지고 말았다.

너무 오래 걸어서 발이 부르터 터진 것이다.

동시에 그녀의 칼이 바닥에 떨어져 바위틈으로 미끄러져 내렸다.

"헉!?"

남궁율은 재빨리 손을 뻗었지만 칼은 이미 돌 틈으로 들어갔다.

게다가 너무 서둘러서 손을 뻗는 바람에 손등이 바위 아래 툭 튀어나온 곳에 부딪쳐 파랗게 멍까지 들었다.

"ㅇㅇㅇㅇ……."

남궁율은 울음이 터질 것 같은 것을 간신히 억눌렀다.

그토록 고대해 왔던 순간에 이렇게 한심한 모습의 연속이라니.

고개를 들자 눈앞에 적의 모습이 보인다.

삼청황천.

늑대 배 속에서 튀어나와 자신의 목을 조르고 입술을 빼앗아 갔던 그때의 그 얼굴 그대로다.

까닥—

적이 이쪽을 향해 손바닥을 움직였다.

"얌전히 잡혀라."

그럴 수는 없다.

남궁율은 이를 악물었다.

그리고 바위에서 뛰어내렸다.

…타탁!

적은 남궁팽생을 죽인 자.

일대일로는 맞붙어서 승산이 없다.

남궁율은 목에 건 호각을 들어 올려 힘껏 불었다.

자신의 위치로 증원을 보내라는 신호였다.

그러나.

피시시시식—

호각은 바람 소리만 낼 뿐이었다.

적이 던진 마름쇠 한 조각이 호각에 박혀 구멍을 내 놓았기 때문이다.

'큰일 났다!'

남궁율은 호각을 버리고 뛰었다.

이렇게 된 이상 처음의 야영지로 돌아가야 했다.

그곳에 가면 수색을 마치고 돌아온 자월특작조의 조원들이 한둘쯤은 있을 것이다.

……하지만.

남궁율의 기대는 또 한번 부서졌다.

야영지에 도착했을 때 그녀가 본 것은 모닥불가에 축 늘어져 있는 세 명의 자월특작조 조원들이었다.

"도망은 무의미하다."

연기가 피어오르는 모닥불 너머로 적의 모습이 유령처럼 일렁거린다.

이윽고, 적의 손아귀가 이쪽을 향해 날아 들어왔다.

남궁율은 필사적으로 몸을 뒤로 뺐다.

그녀는 등천학관 최고의 수재들 중 하나였으나, 적의 손길은 고작 피하는 것이 전부일 정도로 빨랐다.

부욱—

그녀의 앞섶 옷고름이 찢어져 나갔다.

남궁율은 가슴 쪽을 가리며 얼굴을 붉혔다.

"이 색마 놈! 이런 식으로 치욕을 주다니!"

그러자 적은 고개를 갸웃했다.

표정에서 '?'라는 생각이 너무 적나라하게 읽혀서 남궁율조차도 머쓱할 정도였다.

이윽고, 적은 말했다.

"너는 젖가슴이 드러나는 것을 걱정할 것이 아니라……."

동시에. 곤이 휘둘러졌다.

"내장이 쏟아지는 것을 걱정해야 할 것이다."

시커먼 곤.

길고 흉악스러운 몽둥이.

그것은 눈 깜짝할 사이에 남궁율의 가슴팍을 향해 쇄도했다.

…퍼퍼퍼펑!

남궁율은 수치스러움이고 뭐고 따질 겨를도 없이 바닥을 굴렀다.

나려타곤(懶驢打滾).

게으른 당나귀가 진흙탕을 뒹구는 수.

그녀는 곤을 피해 바닥을 굴렀고 자신의 뱃가죽이 붙어 있는지를 확인해 보았다.

하얀 배 위에 붉은 자국이 길게 생겨나 있었다.

곤에 맞지도 않았는데도 말이다.

비로소 남궁율은 생각했다.

예전 삽혈맹세의 제단에서도 그렇고 지금도 마찬가지다.

적(敵)은 자신을 여자로 생각하지 않았다.

그저 적(的), 그 이상도 그 이하도 아닌 것이다.

동시에 남궁율은 깨달았다.

자신이 왜 눈앞에 있는 남자를 그토록 잡고 싶었는지.

그것은 단지 굴욕과 수모를 겪었기 때문만은 아니었다.

태어나서 처음으로 배경, 성별, 외모 등등을 배제한 채 자신을 바라보는 이를 만났다.

그와 다시 마주해서, 그를 제압하고, 그에게 인정받고 싶은 욕구.

그것이 지금 남궁율을 움직이게 만드는 원동력이었다.

…팟!

남궁율은 필사적으로 뛰었다.

그리고 모닥불가에 있는 잿더미를 발로 걷어찼다.

풀썩―

아직 뜨거운 재가 적의 얼굴을 향해 확 끼얹어졌다.

적이 저것을 피하는 틈에 재빨리 기절한 무사의 칼을 집어 들어 반격한다.

그것이 남궁율의 계획이었다.

'뿌리쳤나?'

바닥에 떨어진 칼을 잡으며, 그녀는 생각했다.

하지만. 적은 그녀의 생각을 읽듯이 대답했다.

"아니."

남궁율의 계획은 또다시 어긋났다.

퍼-억!

적의 손아귀는 뜨거운 재를 그대로 뚫고 들어왔다.

그러고는 조금의 망설임도, 주저함도 없이 남궁율의 목줄을 잡아챘다.

작은 병아리가 맹금(猛禽)의 발에 채이듯, 그녀는 또다시 적의 손아귀에 멱을 내 주게 되었다.

"……! ……! ……!"

남궁율이 발버둥 쳤다.

하지만 그것은 고작 앙탈에 불과한 몸부림이었고 그마저도 적은 허용치 않았다.

콰직!

적은 남궁율의 가녀린 몸을 세차게 내팽개쳤고 그대로 바닥에 찍어 눌렀다.

"끄으으으으윽……."

남궁율의 입에서 절로 신음이 새어 나온다.

동시에, 그녀는 울었다.

너무 분하고 억울해서 눈물을 주체할 수가 없었다.

남궁율의 평소 얼음장 같은 표정을 알던 등천학관의 사람들이 지금 그녀의 얼굴을 보면 과연 무슨 생각을 할 것인가.

하지만 적에게 있어서 그것은 조금도 궁금한 사항이 아니었다.

꽈드드득……

남궁율은 목을 조르는 악력을 느끼며 겨우겨우 말했다.

"……죽여라."

이렇게 되려고 이 고생을 해 가며 먼 길을 왔는가.

이렇게 허무하게, 아무도 모르는 오지산간에서 죽게 되다니.

겁이 덜컥 나기도 했지만 남궁세가의 기개를 잃고 싶지는 않았다.

그래서 그녀는 끝까지 당당하게, 오연하게 죽음을 맞이하기로 했다.

비록 손발이 덜덜 떨리고는 있었지만.

하지만.

"아니. 안 죽인다."

적은 남궁율의 목을 조르고만 있을 뿐, 결정타는 날리지 않았다.

"네 몸은 아직 쓸모가 있거든."

그 말을 듣는 순간, 남궁율의 눈이 또다시 확 커졌다.

언젠가 아버지에게 들은 적이 있다.

강호무림을 주유할 때에 특별히 조심해야 할 몇몇 음적(淫賊)들에 대한 내용이었다.

"이, 이 색마 놈! 뭘 하려는……!"

그녀는 크게 당황하며 저항했지만 혈도를 짚어 오는 적의 손놀림에는 속수무책이었다.

픽—

결국 그녀의 시야가 또다시 흐릿해진다.

삽혈맹세의 제단 때는 피칠갑이 되어 있어서 제대로 보지 못했던 적의 맨얼굴을.

"이…… 악적…… 두고 보……."

기억에 또렷하게 새기면서.

비무극.

화산파의 매화검수이자 무림맹 등천학관의 교관.

그는 현재 무림공적 사망매화를 쫓는 추격대의 수장을 맡아 이곳 이름 모를 삼림을 헤쳐 나가고 있었다.

쌀쌀한 날씨임에도 숲속은 마른 풀과 넝쿨로 울창하다.

뾰족한 침엽수들 사이로 사람 키보다 높게 자라난 관목들, 그 아래에는 조금만 잘못 밟아도 엄청난 기세로 무너지는 자갈의 경사로가 있었다.

…와르르르르!

때때로 발을 디뎌 놓을 때마다 경사로 아래에서 발생하는 산사태는 비무극의 모골을 송연하게 만드는 것이었다.

그때.

"……!"

비무극은 단단한 암반으로 이루어진 봉우리 중턱에서 무언가를 발견했다.

거목(巨木).

수령이 얼마나 되는지 짐작조차 되지 않을 정도로 거대한 나무 한 그루가 봉우리 아래로 굳게 뿌리내리고 있었다.

잔뿌리 하나하나가 집채만 했고, 줄기는 건장한 사내 수십 명이 둘러쌀 수 있을 정도로 굵었으며, 가지들은 흘러가는 구름의 통행을 방해할 수 있을 정도로 높게 뻗어 있었다.

이 산맥이 아직 흙과 돌로만 이루어져 있을 시절, 만약 이곳에 최초로 돋아난 새싹이 있다면 지금쯤 바로 이 거목과도 같이 자라났으리라.

"……."

비무극은 이 거목을 얼마간 올려다보았다.

수천, 아니 수만 년은 살아왔음 직한 나무.

그것을 향해 비무극은 칼을 뽑아 들었다.

번─쩍!

그의 칼에서 서슬 퍼런 예기가 뿜어져 나왔다.

…쩌억!

나무의 밑동이 잘려 나갔다.

천둥이 치는 소리와 함께, 나무는 그대로 옆으로 쓰러져 버렸다.

콰콰콰쾅! …푸슉! …푸슉! …푸슉!

피처럼 붉은 수액이 터져 나온다.

그것은 사람의 피만큼이나 뜨거워서 대기 중에 뿌연 김을 뿜어냈다.

비무극은 쓰러진 거목을 보며 말했다.

"혜자(惠子)왈, 재대난용(材大難用)이라."

지나치게 큰 나무는 쓸 곳이 없다.

줄기는 크고 울퉁불퉁해서 먹줄로 쓸 수도 없고, 작은 가지들은 구불구불하여 곱자나 그림쇠에도 맞지 않는다.

그래서 나무꾼들은 지나치게 큰 나무를 보면 발걸음을 돌린다.

베어 내는 데 드는 수고로움에 비해 결과가 시원찮기 때문이다.

비무극은 허리가 잘린 나무를 보며 말을 이었다.

"마교에서 너를 선뜻 품어 줄 듯싶으냐, 오자운."

사망매화. 그것은 현재 중원을 떠들썩하게 뒤흔들어 놓고 있는 마명.

그것은 마교가 품기에도 상당히 부담스러운 것이었다.

"너는 어딘가에 새로 들어가기에는 너무 큰 재목이야."

오자운 정도 되는 실력자가 갑자기 마교에 투신하게 된다면 그 안에서도 온갖 암투가 벌어지게 되는 것이 당연하다.

그를 품기 위해, 혹은 그를 품는 것을 저지하기 위해, 새로운 싸움이 벌어질 것이고 새로운 명분이 만들어질 것이다.

그래서 역설적으로, 오자운 정도의 실력자를 받아들이는 것은 오히려 기존의 질서를 해치고 없던 풍파를 일으킬 우려가 있다.

그런 위험을 기존 세력들이 굳이 감수할지는 미지수인 것이다.

"오자운. 너는 어느 곳에서도 환영받지 못하리라."

비무극은 칼을 들어 올렸다.

그리고 베어 버린 거목을 향해 말했다.

"변방의 마두들에게 목을 떨구느니…… 차라리 내 칼 아래 져라."

그때, 비무극의 혼잣말에 대답이라도 하듯.

크-아아악!

거목 저 아래에서 뇌성과도 같은 포효가 들려왔다.

저벅- 저벅- 저벅-

어둠 속에서 두 개의 불덩이가 이글거린다.

비무극은 순간 그것을 오자운의 두 눈에서 뿜어져 나오는 불빛으로 착각했다.

이윽고, 거목의 뿌리 아래에 있던 굴에서 그곳의 주인 되는 자가 걸어 나왔다.

범. 거대한 몸집을 가진 대호(大虎).

이 일대 봉우리들을 지배하는 산군이 비무극의 앞으로 모습을 드러냈다.

그러나 비무극은 조금도 물러서지 않았다.

다만 손에 쥔 칼을 옆으로 치우고 범을 향해 발걸음을 옮겨 놓을 뿐이다.

"범이었나."

눈앞에 있는 적의 얼굴과 원래 쫓고 있던 적의 얼굴이 겹쳐 보인다.

저 이글거리는 눈빛, 사나운 기세, 모든 것이 서로 닮았다.

"잘됐구나. 내 너를 잡아서 예행연습을 하리라."

비무극의 말이 끝나기 무섭게, 범이 그를 향해 도약했다.

크르릉!

앞발에 돋아난 날카로운 발톱이 비무극의 가슴팍을 노린다.

…쫘아아악!

비무극의 도복이 순식간에 너덜너덜 찢어졌다.

그러자 그 안으로 어마어마하게 단련된 근육이 드러난다.

촤악— 푸슈슉!

범의 발톱에 의해 갈라진 피부 밑에서 뜨거운 핏물이 다섯 갈래로 뻗어 나온다.

후욱—!

비무극이 한 번 숨을 참자 터져 나오던 피가 뚝 멎었다.

근육의 힘만으로 지혈을 한 것이다.

그의 강철 같은 몸에 새겨져 있는 다섯 개의 혈선이 순간 근육들 사이에 파묻힌 것처럼 보였다.

동시에, 비무극의 칼이 허공으로 뻗어 나갔다.

쌔애애애액—

오자운만 아니었다면 화산파 최고의 기재, 최연소 매화검수로 칭송받았을 그의 칼이 범의 배를 가르며 지나갔다.

…팟!

허공에 새빨간 매화 한 송이가 피어났다.

핏물을 먹고 자라난 혈매화(血梅花)였다.

카학!?

범이 뒤로 물러섰다.

그것이 내디딘 바위 위로 핏물과 함께 내장의 일부가 왈칵 쏟아져 내렸다.

그르르르르르르르……

산중의 호걸이 격분했다.

그것은 난생 처음으로 자신에게 상처를 입힐 만한 강적을 눈앞에 두게 되었다.

대바늘처럼 곤두선 털, 날카롭게 튀어나온 발톱, 팽팽하게 부풀어 오른 꼬리, 이글거리는 눈알.

이윽고, 상처입은 맹수는 시뻘건 아가리를 벌려 비무극의 머리를 씹으려 들었다.

평범한 사람이었다면 곧바로 입에 거품을 물고 졸도할 만한 광경이었으나, 비무극은 오히려 호구(虎口)를 향해 한 발자국을 내뻗었다.

째애액!

비무극은 칼을 내리쳤다.

그것은 쩍 벌어진 범의 아가리 속으로 들어갔고 뱀처럼 꿈틀거리던 혓바닥을 꿰어 버렸다.

동시에.

콰—직!

범의 날카로운 이빨이 비무극의 검신을 단단히 물었다.

꾸우우우욱……

사람과 범이 힘 싸움을 한다.

범은 입에 문 칼을 깨물어 부러트리려 했고 사람은 그 칼을 힘주어 젖힌다.

이윽고. 힘의 대치가 깨졌다.

삼 척 칠 촌의 칼.

그것을 한평생 휘둘러 왔던 검호(劍虎)의 팔 힘은 장작에 도끼를 살짝 가져다 댄 뒤 그것을 지그시 눌러서 쪼갤 수 있을 정도였다.

쫘아아아악!

쪼개졌다.

지금껏 산중의 수많은 짐승을 잡아먹었을 새빨간 아가리가 두 조각으로 찢어지며 자욱한 피분수가 안개 속에 번진다.

비무극은 거대한 대호의 몸을 그대로 두 조각 내 버렸다.

…쿵! 와르르르르―

범의 몸은 그대로 바위 아래로 굴러떨어졌고 이내 자갈들에 쓸려나가 산기슭 저 아래로 사라졌다.

"후우……."

비무극은 긴 숨을 내쉬고는 전신에 들어가 있던 힘을 풀었다.

그러자 비로소 비무극의 가슴팍에 난 다섯 가닥의 흉터에서 피가 뿜어져 나왔다.

"나도 아직 멀었군."

비무극은 가슴팍에 대각선으로 남은 혈선(血線)을 바라보며 혀를 찼다.

이윽고, 그는 격전의 흔적을 뒤로하고 봉우리를 올랐다.

사아아아아아……

눈앞에서 안개와 구름이 뒤섞여 흐른다.

나뭇가지들이 서로 스치며 나는 소리만이 귓가에 요란했다.

주변에는 살아 있는 것의 기척이 전혀 느껴지지 않는다.

무언가가 살기에는 너무 높고 외로운 곳이었다.

털썩―

비무극은 높게 솟구쳐 있는 한 바위 앞에 걸터앉았다.

그러고는 품에서 금창약을 꺼내어 가슴팍에 뿌렸다.

흰 가루가 붉은 핏덩이들과 엉겨 끈적하게 변했다.

그것은 갈라진 살덩어리 틈을 메꾸고 피를 멎게 만든다.

"……."

비무극은 그대로 가부좌를 틀고 운기조식을 하기 시작했다.

내력을 몸속 혈관 구석구석까지 뻗는다. 그것은 손상된 기혈을 수복하고 들끓는 정념을 가라앉힌다.

자연스럽게. 심상세계 속 무의식 너머에 있던 상념들이 수면 위로 떠오르고 있었다.

오랜 시간 함께 검을 수련했던 사형제.

이제는 온 무림의 공적이 되어 버린 사내.

그리고 한때는 형제였던 이의 목을 잘라 사매의 영전에 가져다 바쳐야 하는 숭고하면서도 비정한 임무.

자신의 사명을 떠올린 비무극은 표정을 찡그렸다.

녹아내린 쇳물 같은 땀방울이 뚝뚝 떨어진다.

구렁이 같은 힘줄이 꿈틀거렸고 쇳덩이 같은 근육에 힘이 들어간다.

일주천을 마치기까지는 반 시진이 채 걸리지 않았다.

이윽고, 비무극은 감았던 눈꺼풀을 서서히 들어 올렸다.

순간.

"······!"

비무극의 두 눈이 크게 벌어졌다,

눈앞에 서 있는 바위에 세로로 쓰인 글귀가 있었다.

―費無忌 死在這裏―

비무극은 저도 모르게 그것을 소리 내어 읽었다.

"······비무극은 이곳에서 죽는다?"

획의 끝마다 새빨갛게 흘러내리고 있는 것은 분명 핏물이다.

그리고 그 앞에는 이 빠진 칼들이 어지럽게 박혀 있었다.

자신과 함께 왔던 무림맹 추격대원들의 칼이었다.

빗방울이 조금씩 떨어지는 산중.

비무극은 황급히 집합 장소로 돌아왔다.

꺼진 모닥불이 연기를 피워 올리고 있는 곳.

이곳은 산중턱에 있는 넓은 평지였다.

"누구 없느냐!?"

비무극은 다급한 마음에 목소리를 높였다.

하지만 돌아오는 대답은 하나도 없었다.

비무극은 서둘러 야영지를 돌아보았지만 인기척이라고는
전혀 느껴지지 않았다.

무림맹의 부하들도, 남궁세가의 특작조원들도 보이지 않
는다.

'설마…….'

순간, 그의 뇌리를 스치고 지나가는 직감이 있었다.

그것은 아주 불길한 종류의 것이었다.

그때. 비무극의 시야에 들어오는 것이 있었다.

꺼져 가는 모닥불이 가느다란 연기를 피워 올리고 있는 곳.

그곳에 전투의 흔적이 보였다.

사람을 패대기친 자국, 재를 뿌린 자국, 그리고…….

"……!"

비무극은 어지럽게 찍힌 발자국 끝에서 찢어진 의복과 잘
려 나간 머리카락들을 발견했다.

그것은 바로 남궁율의 것이었다.

바닥에 남겨져 있는 희미한 핏자국을 본 비무극은 미간을

찡그렸다.

"……당했나."

인생을 살아가다 보면 종종 기대하지 않았던 일이 벌어지고는 한다.

비무극에게는 방금 중얼거린 한마디에 대한 대답이 바로 그러했다.

"당했지."

잿더미에서 피어오르는 희미한 연기 너머.

전혀 기대하지 않았던, 혼잣말에 대한 대답이 돌아왔다.

아니, 그것은 어쩌면 지금껏 그토록 기다려 왔던 대답일지도 모른다.

…차앙!

비무극은 재빨리 칼을 빼 들어 정면을 겨누었다.

칼끝에서 둘로 갈라지는 연기 사이로 유령처럼 어른거리는 형체가 있었다.

길게 풀어 헤친 머리, 섬뜩하게 번지는 안광, 소슬바람에 휘날리고 있는 왼팔의 소맷자락.

죽음의 매화가 이글거리며 피어난다.

"오랜만일세, 친구."

오자운이 그곳에 있었다.

수성수자지명(遂成豎子之名)

알알이 떨어진 빗방울이 풀잎을 때리는 소리.

과거에 베어 버렸던 범이 살아 돌아온 것 같은 광경에 비무극은 일순간 눈을 끔뻑였다.

"……아."

그것이 착각임은 곧 깨달을 수 있었다.

왜냐하면 눈앞에 있는 적은 감히 범 따위에 비할 바가 아닌, 실로 무시무시한 맹수였기 때문이다.

비무극은 오자운의 멀끔한 얼굴을 보며 헛웃음을 지었다.

"잔머리를 굴릴 줄도 알았는가?"

"나의 기지는 아니었네만, 그래도 좋은 스승이 있어 옆에서 많이 보고 배웠지."

오자운 역시도 비무극의 얼굴을 보며 웃었다.

감조유적(減竈誘敵)이라는 말이 있다.

군사를 이동시키는 과정에서 밥을 지을 부뚜막의 수를 줄여, 뒤쫓아오는 추격대로 하여금 아군 병력의 규모를 잘못 판단하게 만드는 속임수.

추이는 산을 넘으며 야영지의 수를 늘리고, 식량과 물을 버리고 갔으며, 마지막에는 핏자국을 만들어 몸 상태가 점점 악화되고 있는 것으로 속였다.

그리고 그 결과, 비무극은 이렇게 팔팔한 상태의 오자운과 일대일로 마주하게 된 것이다.

하지만 비무극은 그다지 개의치 않는 기색이었다.

그는 허리춤의 칼을 뽑아 들며 말했다.

"오는 길에 커다란 나무 한 그루를 베었다네."

"……."

"문득 자네 생각이 나더군."

비무극과 오자운의 시선이 한 곳에서 마주한다.

비무극이 말을 계속했다.

"줄기는 너무 울퉁불퉁하여 먹줄로 쓸 수 없었고, 작은 가지들은 너무 휘어져 있어서 곱자나 그림쇠에도 맞지 않았지. 그래서 베어 버렸어. 너무 커도 쓸모가 없다는 뜻일세. 무슨 말인지 알겠는가?"

그러자 오자운의 입가가 옅게 휘어졌다.

"살쾡이는 작고 빨라서 쥐를 잘 잡지만 소는 크고 느려서 쥐를 못 잡지. 하지만 살쾡이를 데리고 산을 밭으로 만들 수 있겠는가?"

"……."

"자네는 큰 나무가 쓰일 곳이 없다고 말하는데, 그 나무를 만약 마을의 입구나 중앙에 옮겨 심을 수만 있다면 어떻게 되겠는가? 어린아이들이 와서 그네를 매달고, 농사꾼들은 땡볕을 피해 그늘로 들어올 것이며, 길 가던 나그네가 잠시 쉬어 갈 수 있는 평상도 갖다 놓을 수 있을 테지."

그 말을 들은 비무극의 미간이 찡그려졌다.

"문답(問答)은 결국 무용(無用)한 것이로군. 하기야, 살쾡이와 소 사이에 무슨 대화가 필요하겠나."

"꼭 자네를 살쾡이에 비유한 것은 아니네. 다만."

오자운의 눈이 빛났다.

"나는 소가 맞아. 능히 산을 깎아 내어 밭으로 만들 힘이 있는 소지."

"……."

"내가 만약 마교로 가게 되면, 그리고 다시 이곳으로 돌아오게 되면, 제일 먼저 밭으로 만들어 버릴 산이 하나 있다네."

"……!"

오자운의 말을 들은 비무극의 두 눈이 커졌다.

"이노옴! 네가 감히 화산을 능멸하느냐!"

"하하하— 나는 그저 산을 하나 일궈서 밭을 매겠다고 했을 뿐인데 왜 그렇게 화를 내는지 모르겠군. 내가 언제 화산을 쑥밭으로 만들어 버릴 것이라 말하기라도 했는가?"

동시에, 비무극이 칼을 휘둘렀다.

오자운 역시도 하나 남은 오른팔을 들어 칼을 휘둘렀다.

까—앙!

빗방울이 이제 막 후둑후둑 떨어지는 하늘에 조금 일찍 뇌성이 울린다.

두 날붙이가 사납게 맞부딪치는 소리가 요란하게 터져 나오고 있었다.

오자운의 검과 비무극의 검이 서로를 향해 곤두서며, 화산파의 절기인 이십사수매화검법(二十四手梅花劍法)의 진수가 펼쳐졌다.

제 일 초식 매화노방(梅花路傍).

길가에 상서롭게 피어 있는 매화처럼, 둘의 칼끝은 여느 때와 다름없이 평안하게 흔들린다.

그 모습은 너무나도 평화롭고 태연해서 마치 상대가 이쪽을 향해 조금의 적의도 품고 있지 않은 듯한 모양새였다.

제 이 초식 매화접무(梅花蝶舞).

매화잎은 나비처럼 춤추며 서로를 향해 다가간다.

칼끝은 겉으로 보기에 조금도 위험하지 않은, 오히려 가까이 다가가 어루만지고 싶은 마음이 들 정도로 유려하게 움직이고 있었다.

제 삼 초식 매화토염(梅花吐艷).

나비처럼 하늘거리던 매화잎들은 농염한 빛으로 상대를 유혹한다.

보는 이로 하여금 손을 뻗어 움켜잡고 싶게 만들 정도로 아름다운 미색이었다.

제 사 초식 매개이도(梅開利導).

아무리 아름답다고는 하나 이 매화잎들은 모두 칼끝으로 그려 낸 것.

미색에 이끌려 다가온 상대에게 비로소 날카로운 본색을 드러나는 단계가 바로 이 단계였다.

제 오 초식 매화낙섬(梅花落暹).

매화잎은 떨어지는 햇살처럼 온 사방에 있다.

아름다운 미색에 홀려 가까이 다가온 이들은 어느새 자신의 주위를 꽉 채운 매화들을 보며 이미 물러날 곳이 사라졌음을 깨닫는다.

제 육 초식 매화낙락(梅花落落).

매화가 떨어지고 떨어진다.

매화가 떨어지고 떨어지고 떨어진다.

매화가 떨어지고 떨어지고 떨어지고 또 떨어진다.

오자운과 비무극은 하염없이 흐드러지는 매화들의 사이로 서로를 직시하고 있었다.

화산파 최고의 기재들만이 받을 수 있는 '매화검수'의 칭호.

여기에서 목숨을 건 도박을 벌이는 둘이 바로 그 매화검수다.

후둑- 후두둑-

어느덧 빗줄기가 꽤 굵어졌다.

길게 떨어져 내리는 빗방울들의 사이로 비무극이 여섯 번째 초식을 거두었다.

오자운 역시도 칼을 뒤로 물렸다.

그는 비무극에 비해 반 보 더 뒤로 밀려나 있는 상태였다.

비무극이 말했다.

"매화잎이 고르게 떨어지지 않는군."

"……."

오자운은 대답하지 않았다.

왼팔이 없다는 것은 균형감각에 지대한 영향을 미친다.

실제로 양쪽의 매화가 기세를 다투며 피어나는 동안, 오자운의 칼이 움직인 곳에서는 미세하게도 오른쪽의 매화들이 더 고르게 피어나 있었다.

그것을 물끄러미 바라보던 비무극의 입이 열렸다.

"나는 금의검(金義劍)의 검(劍)이었지."

……

오자운은 대답하지 않았다.

하지만 그럼에도 불구하고 비무극은 계속해서 말을 이었다.

"자네는 금의검의 금(金)이었고."

"······."

비무극은 아주 오래전, 화산파에 막 입문했을 당시를 떠올리고 있는 것이다.

그 당시 화산파의 도복을 입는 방법은 크게 셋으로 나눌 수 있었고 그 세 가지 길을 통틀어 금의검이라 불렀다.

첫 번째인 금로(金路).

그것은 막대한 기부금을 내고 들어오는 방법이다.

이 돈은 추후 검로의 길로 들어오는 제자들을 키우는 데에 주로 사용되었다.

두 번째인 의로(義路).

그것은 의리로 들어오는 방법이다.

이 방법을 통하여 화산의 도복을 입은 이들은 주로 화산파 내에 머물지 않는 관의 명사들이나 그들의 자제들이 대부분이었다.

세 번째인 검로(劍路).

그것은 실력으로 들어오는 방법이다.

돈도 없고 뒷배도 없는 어린아이들을 순수하게 검에 대한 자질만으로 선별하여 화산의 도복을 입을 수 있게 해 주는, 어찌 보면 가장 정직하면서도 가장 통과하기 힘든 길이었다.

여기서 오자운은 금로를 통해, 비무극은 검로를 통해 화산파에 입문한 경우였다.

비무극은 오자운을 처음 만났을 당시를 회상했다.

비단옷에 좋은 검을 차고 있었던 더벅머리 소년.

가난한 농가의 자식이었던 비무극은 내심 그를 무시했었다.

부모 잘 만난 덕분에 이곳 화산파에 들어온 저 부잣집 소년과 달리, 자신은 오직 실력과 독기 하나로 여기까지 올라왔기 때문이다.

그러나, 비무극의 그 꼬장꼬장한 자존심은 그리 오래 지켜지지 못했다.

금로 출신인 오자운은 돈으로 들어왔다는 말이 무색할 정도로 검술 솜씨가 뛰어났다.

입문한 이후 화산파에 있던 모든 기록들을 갈아치워 버리며, 오자운은 위로 쭉쭉 뻗어 올라갔다.

하지만 비무극이 맨 처음부터 그런 오자운을 시기했던 것은 아니었다.

그는 마음속으로 오자운의 재능과 자질을 인정했으며 그를 부러워하고 동경했다.

그래서 초반에는 그와 잘 지내 보려고 애써 친하게 굴기도 했었다.

그러던 어느 날.

비무극은 오전 수련을 마치고 추가적으로 개인 수련을 하기 위해 연무장으로 향했다.

천(千)일의 연습을 단(鍛)이라 하고 만(萬)일의 연습을 련(鍊)

이라 하여 '단련(鍛鍊)'이라 하듯, 비무극은 항상 자신의 몸과 마음을 한계까지 채찍질하고 있었다.

그날도 손가죽이 닳아 피가 흐를 정도의 단련을 거듭하고 있던 비무극.

그랬던 그가 본 것은 우물가의 나무 뒤에 숨어 낮잠을 자고 있던 오자운이었다.

아름다운 미모의 맹영 사매가 그런 오자운에게 무릎베개를 해 주고 있는 광경을 보는 순간, 비무극의 마음 속에서 어떠한 감정이 끓어올랐다.

자신은 수련이 끝나고도 항상 죽을 각오로 단련하는데, 오자운은 늘 수련이 끝나는 즉시 낮잠을 자거나 산책을 나가 버린다.

그러고도 항상 자신은 오자운에게 뒤처지는 것이다.

"……너는 항상 그랬다. 수련이 끝나면 낮잠이나 퍼질러 자면서도 나를 비롯한 그 누구보다도 뛰어났지. 그래서 맹영 사매도 너에게 호기심을 갖기 시작했던 것이고."

비무극은 과거를 떨쳐 내려는 듯이 칼을 휘둘렀다.

오자운은 그 칼을 받아 넘겼다.

까─앙!

아래에서 위로 뻗은 비무극의 칼이 위에서 아래로 떨어진 오자운의 칼을 사납게 밀어냈다.

왼팔이 없는 오자운은 순간 들이닥친 강한 충격에 발을 헛디뎠다.

뒤로 주춤주춤 물러난 오자운은 간신히 쓰러지지 않을 수 있었지만 상반신이 거의 뒤로 돌아가다시피한 상태였다.

그 틈을 타서, 위로 솟구쳐 올라갔던 비무극이 아래를 향해 쇄도했다.

마치 병아리를 발견한 매가 급강하하는 듯한 움직임이었다.

오자운 역시도 반격에 대비했다.

그는 상체를 뒤로 돌린 상태에서 칼을 자신의 몸 뒤에 숨겼다.

그리고 덮쳐 오는 비무극을 향한 되치기를 준비했다.

하지만.

"다 보인다!"

비무극은 위에서 아래로 떨어지면서도 오자운의 몸 뒤에 숨겨져 있는 칼의 위치를 정확하게 볼 수 있었다.

그것은 쏟아지는 비가 고여서 만들어진 물웅덩이 때문이었다.

오자운의 발밑에 생겨난 빗물의 웅덩이는 오자운의 몸 뒤에 숨겨진 칼날이 어떤 위치를 향하고 있는지 비무극에게 훤히 일러바쳤다.

비무극은 그대로 칼을 내리찍어 오자운의 몸을 두 동강 내 버리려 했다.

……바로 그 순간.

"!?"

비무극은 가슴이 철렁 내려앉는 것을 느꼈다.

왼팔이 있다.

오자운의 왼팔이 어느샌가 새로 돋아나 있었다.

그래서 오자운은 지금 새로이 돋아난 왼팔로 칼을 쥐고 반격의 되치기를 준비하고 있는 것이다!

'안 돼!'

비무극은 황급히 칼을 옆으로 틀었다.

오자운에게 왼팔이 있다면 이 궤도로 들어갈 수 없다.

이대로 들어갔다가는 저 좌수검(左手劍)이 자신의 허리춤을 뚫고 들어와 몸을 두 동강 낼 것이다.

그래서 비무극은 칼을 아예 옆으로 틀어 버렸다.

바로 그 순간.

…후욱!

오자운의 칼이 휘둘러졌다.

본디 비무극의 검이 반 박자 빨랐으나, 도중에 칼을 물렀다가 다시 휘두르는 바람에 한 박자가 날아갔다.

오자운의 검보다 반 박자 느려진 것이다.

그리고 오자운의 칼이 그의 상반신 너머로 모습을 드러내는 순간, 비무극의 두 눈이 찢어질 듯 커졌다.

왼팔이 없다.

검은 오자운의 오른손에 들려 있었다.

찰나의 순간, 비무극은 물웅덩이에 비친 오자운의 오른팔을 왼팔로 착각했던 것이다.

사뿍―

오자운의 칼이 비무극의 왼쪽 허리를 베고 지나갔다.

반 뼘 정도의 깊이로 난 칼자국에서 붉은 선혈이 뿜어져 나온다.

"큭……!"

비무극이 이를 악물었다.

뒤로 물러나는 그를 향해, 오자운의 검이 매섭게 뻗어 왔다.

천하의 매화검수조차도 결코 피해 갈 수 없는 살초(殺招)였다.

바로 그 순간.

오자운의 검극을 눈앞에 둔 비무극이 서둘러 외쳤다.

"흉수를 아느냐!?"

발악에 가까운 그 목소리에 오자운의 칼끝이 잠시 멎었다.

그 틈을 타 비무극이 다시 한번 외쳤다.

"네 아내 강아를 죽인 흉수가 누구인지 아느냔 말이다!"

오자운의 동공이 흔들렸다.

만약 방금의 이 말이 아니었다면 방금 휘둘러진 오자운의 칼에 비무극은 목을 떨궜을 것이다.

이윽고, 비무극은 오자운에게서 멀찍이 떨어진 곳에 섰다.

피가 콸콸 쏟아져 나오는 옆구리를 꽉 움켜쥔 채였다.

"……."

오자운은 칼을 거둔 채 뒤로 반 보 물러났다.

대답을 촉구하는 움직임이었다.

그리고 이내, 비무극은 토설했다.

"네 아내 강아를 죽인 흉수는……."

오자운이 그토록 찾아 헤맸던 아내의 원수.

"너와 나의 사매. 맹영이다."

그의 삶을 한순간에 나락으로 떨어트렸던 인물의 이름이
었다.

빗줄기가 점점 더 굵어진다.

머리 위로 떨어지는 빗방울들이 마치 쇠구슬처럼 느껴졌다.

"……."

오자운은 옛날의 기억을 떠올리고 있었다.

그날도 지금처럼 비가 내렸다.

무술대회에서 우승한 뒤 맞이한 아내 강아.

그녀와 처음으로 밤을 보내던 날에도 이처럼 비가 내렸었
다.

고즈넉한 밤, 어둠 속에 울려 퍼지던 빗소리, 아른거리던
화촉.

그날은 밤이 가는 것이 원망스러웠었다.

세상을 두들기던 빗줄기가 영원하기만을 바랐던 어린 날이었다.

"……."

그녀를 떠나보내던 밤도 이처럼 비가 내렸다.

피를 토하며 가 버린 아내.

작별 인사조차 하지 못했던 그날의 밤.

아내의 무덤 앞에 지은 초막 속에서 오자운은 다짐하고 또 다짐했다.

남은 삶을 다 바쳐서라도 아내를 독살한 흉수를 찾아내리라.

기필코 놈의 심장을 꺼내 씹어 원수를 갚으리라.

그렇게 이를 부득부득 갈던 어느 날 밤.

누군가가 초막의 거적때기를 젖히고 안으로 들어왔다.

비에 축축하게 젖은 죽립을 벗어 던지자 드러난 얼굴은 사매 맹영의 것이었다.

그녀는 말했다.

죽은 사람은 잊어버리라고. 산 사람은 살아야 한다고.

만약 평범한 사내였다면 이 절세의 미녀가 울며 호소하는 것을 듣는 것만으로도 애절함과 황홀함에 넋을 놓아 버렸을 것이다.

하지만 오자운은 달랐다.

그는 아내가 아니면 이 세상 천지간에 자신이 사랑할 사람은 없다고 했다.

그러자 사매는 더더욱 섧게 울었다.

그녀는 오자운을 향한 자신의 마음을 고백했다.

자신을 불쌍히 생각해서라도 그만 복수를 단념해 달라고 했다.

자신이 죽은 아내를 대신할 테니 기회를 달라며 그의 발치에 엎드려 울었다.

오자운은 그녀의 마음을 거절했다.

아내 강아가 떠난 지 얼마 되지도 않았을뿐더러 그녀의 묘 앞에서 다른 여자의 마음을 받아들인다는 것은 어불성설이었다.

하지만 사매 역시도 가벼운 마음으로 온 것은 아니었다.

그녀는 걸치고 있던 옷을 한 겹 한 겹 벗었다.

그리고 어느샌가 새하얗게 드러난 나신으로 오자운의 몸을 끌어안았다.

비바람에 식은 사내의 육신은 차갑게 벼려진 칼날과도 같았다.

용광로처럼 뜨거운 여인의 몸은 그것을 부드럽게 감싸 안아 녹였다.

……하지만.

세상의 여느 칼날들과 다른 어떠한 칼날이 하나 있어, 그것은 용광로에서도 녹지 않았다.

　오자운은 끝끝내 사매의 몸과 마음을 밀어냈다.

　비바람이 몰아치는 밤.

　그는 초막을 박차고 나가 돌아오지 않았다.

　그리고 사내가 돌아오지 않았던 그날 밤.

　여인 역시도 두 번 다시는 돌아오지 못할 불귀(不歸)의 객이 되고 말았다.

　사매 맹영은 누군가에 의해 겁간당했고 목숨마저 빼앗기고 말았던 것이다.

　"……."

　지나간 나날들을 떠올려 주듯, 비가 쏟아진다.

　오자운은 아무런 말도 하지 않았다.

　빗방울이 잎사귀를 때리는 소리만이 그의 목소리를 대신하여 시끄럽게 울려 퍼지고 있었다.

　오자운은 지금 보고 있는 것들이 과거의 편린인지 아니면 지독한 현실인지 분간할 수가 없었다.

　그날 밤, 초막에서 봤던 사매의 마지막 모습이 눈앞에서 일렁거린다.

　자신을 끌어안았던 몸.

　그 뜨거운 울음.

　하지만 그것을 뿌리치고 춥고 어두운 길로 외로이 뛰쳐나왔던 자신.

그때 초막에서 사매의 몸을 마주 끌어안아 주었다면 뭔가가 달라졌을까?

아니, 그 전에 화산을 떠나지 않고 사매의 옆에 남기를 택했다면 앞날이 바뀌었을까?

아니, 아니, 그 전에 화산에 입관하지 않았다면?

아니, 아니, 아니, 애초에 화산에 먼저 입관하여 아내보다 사매를 먼저 만났다면?

수많은 가정들이 과거와 현실 사이에 뒤엉켜 들며 모든 것이 혼탁해진다.

"……."

그리고 지금, 오자운은 차가운 비를 맞으며 풀숲 위에 홀로 서 있다.

폭우 속, 비무극의 목소리가 담담하게 울려 퍼졌다.

"……너도 알겠지만. 사매는 너를 연모하였다."

"……."

"네가 일찍이 맞이하였던 아내 때문에 자신을 거부한다는 것도 알고 있었지."

"……."

"그래서 사매는 자신답지 않은 짓을 했다. 그뿐이야. 단지 그뿐."

비무극의 말이 끝났다.

그 뒤로 또다시 한참의 침묵이 이어졌다.

…콰릉! 우르릉—

밤하늘에 천둥이 두어 번 지나가고 난 뒤, 오자운의 입이 열렸다.

"내 아내를 죽인 자가 사매였다고 치자."

"……."

"그렇다면 사매를 그렇게 만든 자는 누구냐?"

오자운은 지금껏 아내를 죽인 자와 사매를 죽인 자가 같은 인물이라고 생각하고 있었다.

그것은 그저 본능적인 감에 의지한 것이었다.

하지만 비무극은 별 해괴한 소리를 다 듣는다는 듯 인상을 찌푸릴 뿐이었다.

"무슨 헛소리를 하는 것이냐? 사매를 그렇게 만든 흉수는 네놈이 아니던가."

"나는 하지 않았다. 스스로 잘라 낸 내 왼팔에 걸고."

"허허— 색마 놈의 왼팔에 무슨 가치가 있겠느냐? 나머지 그 오른팔도 마저 걸어 보거라. 그러면 온 세상천지가 너를 믿지 않는다 하더라도 나만은 너를 믿어 주마."

비무극이 너털웃음을 지었다.

오자운은 더 이상 대화가 통하지 않음을 알고 다시 한번 칼을 들어 올렸다.

까—앙!

쇠와 쇠가 부딪치며 불똥이 튄다.

폭우 속에서 또다시 붉고 푸른 매화가 피어나고 있었다.

제 칠 초식 매화빈분(梅花頻紛).

매화가 어지럽게 피어난다.

그전까지 온 사방에 피어났던 매화들에게 어느 정도 규칙이 있었다면, 그것들이 떨구기 시작하는 꽃잎에는 따로 규칙이 없었다.

제 팔 초식 매화혈우(梅花血雨).

그렇게 흩뿌려지는 꽃잎들은 마치 피의 소나기처럼 떨어져 내린다.

꽃잎 한 장이 능히 사람의 살덩이 한 주먹을 베어 낼 수 있을 정도로 날카로웠다.

제 구 초식 매화구변(梅花九變).

매화가 아홉 번의 변화를 거치며 모습을 변화시킨다.

그것은 풋풋한 새싹처럼 피어나 영글은 열매처럼 색을 띄기 시작했고 이내 화려함과 풋기가 공존하는 봉오리가 되었다가 곧 농염한 성체로 탈바꿈했다.

제 십 초식 매화만개(梅花滿開).

매화가 드디어 완연한 모습을 보이며 꽃잎들을 폈다.

이때부터는 꽃들이 서서히 향기마저 내뿜기 시작했다.

제 십일 초식 매화인동(梅花忍冬).

겨울을 맞아 스러지던 매화들이 별안간 봉오리로 변하는가 싶더니 다시 한번 피어날 기회를 얻었다.

끊긴 줄로만 알았던 칼의 궤적이 다시 선명해지며, 목숨을 건져 안도하던 적에게 또 한번 절망과 공포를 선사하고 있었다.

제 십이 초식 매화점개(梅花漸開).

매화가 점점 피어난다.

점점 더 많이, 점점 더 붉게.

계속해서 연달아 흐드러지고 있었다.

비무극이 외쳤다.

"어떠하냐! 네가 그토록 찾아 헤매던 흉수가 진작에 죽었음을 안 소감이! 흉수가 범행을 저지른 이유가 결국 너의 마음을 얻기 위해서였음을 안 소감이 어떠냔 말이다!"

그의 칼이 맹렬하게 움직인다.

비무극의 칼끝에서 피어나는 서슬 퍼런 매화잎이 오자운의 목을 노리고 피어났다.

"나는…… 나는……."

오자운의 눈빛이 힘을 잃었다.

그의 칼끝이 망설이는 동안 생겨난 단 한 차례의 빈틈.

그것을 노련한 매화검수는 놓치지 않았다.

핏—

비무극의 칼이 날았고.

쩌—억!

오자운의 복부에 박혔다.

…촤악!

순간, 흩뿌려지는 핏물과 쏟아지는 비 때문에 비무극은 오자운의 모습을 놓치고 말았다.

"……!?"

하지만 걱정할 필요는 없었다.

놈의 오른팔은 확실히 피했고, 왼팔은 진작에 잘려 나가고 없었으니까.

'됐다.'

비무극은 속으로 쾌재를 불렀다.

분명 손에 쪼개지는 감각이 느껴졌다.

실제로 오자운의 몸은 실 끊어진 연처럼 날아가 뒤에 있는 고사목을 향하고 있었다.

쾌쾅!

오자운은 나무등걸에 부딪쳐 힘없이 쓰러졌다.

그는 나무에 등을 기댄 채 고개를 떨궜는데 마치 누군가가 목을 베어 주기를 기다리는 사람처럼 보였다.

"허억…… 헉……."

비무극은 허리에서 느껴지는 뜨거운 감각에 숨을 몰아쉬었다.

아까 베인 상처가 더욱 크게 벌어진 것 같았지만 상관없었다.

느낌이 있었다.

방금 전, 자신의 칼끝은 오자운의 늑골을 쪼개고 그 안쪽의 심장을 반으로 갈라 놓았다.

분명히 그랬을 것이다.

그 증거로 손가락 끝에 아직도 찌릿한 감각이 느껴진다. 검날이 단단한 뼈를 쪼개고 들어갔을 때 특유의 감각이었다.

'……죽었나?'

비무극은 숨을 몰아쉬며 정면을 살폈다.

오자운은 고사목에 기대어 꼼짝도 하지 않는다.

'……죽었겠지?'

비무극은 침을 삼켰다.

마치 납덩어리를 삼키는 듯 뻑뻑하다.

'……죽었을 거야.'

칼침이 제대로 들어갔고 단단한 것을 쪼개는 느낌도 왔으니 틀림없다.

'……죽었어야만 해.'

비무극은 이를 악물었다.

그러고는 칼을 지팡이 삼아 몸을 일으켰다.

꾸구구국……

힘을 주자 허리의 근육이 상처를 조여 더 이상의 출혈을 막았다.

'목을 잘라 놔야 한다. 그게 아니면 죽지도 않을 놈이야.'

그는 초인적인 인내심과 의지를 발현하여 몸을 일으켰고

이내 오자운의 시체를 향해 한 걸음 한 걸음을 내디뎠다.

목을 잘라 놓기라도 하지 않으면 영원히 불안이 가시지 않을 것 같았기 때문이다.

이윽고, 비무극은 오자운의 앞에 섰다.

"……형제여. 참으로 지긋지긋한 추격 길이었다."

자신보다 한 살 어린 동기를 향해, 비무극은 칼을 높게 들어 올렸다.

"우리의 인연도 이만 끝내도록 하자."

그리고 크게 앞으로 한 발을 내디디며 칼을 위에서 아래로 내리그었다.

……아니, 내리그으려 했다.

쩍—

크게 내디딘 앞발에서 별안간 느껴지는 격통만 아니었어도 그렇게 했을 것이다.

"……!?"

비무극은 비명을 필사적으로 꾹 눌러 참았다.

그리고는 황급히 고개를 숙여 아래를 보았다.

오자운의 칼.

그것이 풀숲 사이 진흙에 박혀 있다.

검날은 마치 작두처럼 날카로운 면이 위로 간 채 진흙에 쓰러져 있었다.

하필 그 위를 향해 진각을 내디뎠던 비무극은 마치 작두

위에 맨발을 디뎌 놓은 모양새가 되었다.

신발코를 포함, 오른발의 발가락이 몽땅 잘려 나간 것이다.

"끄아아아아악!"

비무극은 오른발을 붙잡은 채 진흙탕으로 넘어졌다.

잘려 나간 신발 속에서 핏물을 펑펑 뿜어내고 있는 발이 보인다.

새끼발가락만이 절반 남아 있을 뿐, 나머지는 죄다 잘려 나가 있었다.

"으으……."

비무극은 뒤로 주춤주춤 물러나기 시작했다.

고개를 들자 오자운의 모습이 보인다.

기분 탓일까?

고목에 기대어 앉아 있는 그의 몸이 갑자기 태산처럼 거대하게 느껴졌다.

놈이 금방이라도 벌떡 일어나 자신을 향해 칼을 내리칠 것만 같았다.

"으으…… 으으으으……."

비무극은 계속해서 뒤로 물러났다.

허리와 오른발에서 뿜어져 나오는 피는 폭우에 번지면서도 전혀 붉은 기가 사라지지 않고 있었다.

바로 그때.

"비무극."

어둠 너머에서 누군가의 목소리가 들려왔다.

"비무극."

귓가로 울려 퍼지는 기이한 메아리.

그것은 빗소리에 섞여 들릴 듯 말 듯 환청처럼 일렁거린다.

"비무극."

세 번째로 이름을 불렸을 때, 비무극은 자신의 뒤에 무언가가 서 있다는 것을 깨달았다.

검은 머리. 검은 피풍의. 검은 곤.

오로지 눈동자만이 새빨간 소년 하나가 비를 맞으며 비무극을 내려다보고 있었다.

하늘이 온통 수묵(水墨)으로 물들었다.

소년은 검은색의 곤을 들고 있었다.

그것은 마치 하늘을 칠해 놓은 먹빛을 그대로 지상까지 한 획으로 내리그은 듯한 외형을 하고 있다.

추이는 묵죽(墨竹)을 든 채로 비무극의 앞을 막아섰다.

"결자해지(結者解之)라."

칼을 짚고 선 매화검수를 향해, 추이는 짧게 말했다.

"끝까지 풀겠다면 놔두겠으나, 풀지 않고 도망가겠다면 막을 수밖에 없다."

"……."

비무극은 이를 악문 채 추이를 노려보고 있었다.

처음에는 웬 새파란 어린놈 하나가 주제를 모르고 길을 막아서나 했다.

그래서 무시하고 가거나, 혹은 일검에 쳐 죽이려 했으나…… 막상 칼을 들고 대치해 보니 상대의 기개가 예사롭지 않다.

마치 거대한 흑산(黑山)을 눈앞에 두고 있는 듯한 위압감이 전해져 오고 있었다.

이윽고, 비무극의 입에서 끊어질 듯 말 듯한 신음이 흘러나왔다.

"그렇군. 네놈이 삼칭황천인가 뭔가 하는 놈이로구나. 남궁세가에서 말썽을 부렸다지?"

"말썽이라는 표현으로 끝날 일이었는지는 나중에 그 여자한테 한번 물어봐라."

남궁세가의 '그 여자'가 누구를 지칭하는지는 뻔했다.

비무극은 칼을 가로로 뉘며 말했다.

"남궁율, 그 아이를 어떻게 했느냐?"

그러자 추이는 대답 대신 곤을 움직였다.

바닥의 풀 사이에서 긴 의복 자락이 곤에 걸려 나왔다.

펄럭-

피 묻은 옷자락이 비바람을 맞아 깃발처럼 나부낀다.

남궁율이 얼마 전까지 입고 있었던 경장의 일부분이었다.

비무극은 고개를 끄덕였다.

"바위에 써 놓은 글귀도 네 작품이냐?"

"그렇다."

"내 부하들은 어디에 있지?"

"여자와 같은 곳에 누워 있을 것이다."

"그렇군."

비무극은 잠시 눈을 감았다.

그리고 이내 나지막한 목소리로 입을 열었다.

"내 부하들은 하나하나가 강한 무인이었다."

"……."

"그들을 모두 죽였다면 필시 네놈도 몸이 성하지는 않을 터."

"……."

추이는 말이 없다.

비무극은 그런 추이를 향해 제안을 했다.

"나와 네가 싸운다면 둘 중 하나는 죽을 것이다. 그리고 남은 하나도 성한 몸으로 산을 내려가기 힘들 것이야."

"뭘 어쩌자는 거냐?"

"여기에서 서로 각자 갈 길을 가는 것이 어떠한가?"

비무극은 추이를 알지 못한다.

다만 어렴풋하게 짐작만 할 뿐.

'저놈과 오자운이 만난 시점은 얼마 되지 않았다. 기껏해야 마두 둘이서 포위망을 뚫기 위해 일시적으로 손을 잡은 것뿐이겠지. 서로 목숨을 바쳐 가면서 위해 줄 의리가 어디

있겠는가?'

그래서 이렇게 오판을 하고 있는 것이다.

당연하게도, 추이는 비켜 주지 않았다.

"헛소리는 이쯤 하지."

추이는 곤을 휘둘러 남궁율의 옷자락을 털어 버렸다.

그러고는 비무극을 향해 한 걸음 한 걸음 나아가며 말을 이었다.

"지금부터 네놈 검법의 약점을 말해 봐라."

"……미쳤느냐? 너에게 약점을 왜 말해야 하지?"

"널 도와주려는 것이다."

추이는 한 점의 웃음도 없는 표정으로 비무극을 응시했다.

"그래야 조금이라도 빨리, 덜 고통스럽게 죽여 줄 수 있으니까."

"……."

비무극은 웃지 못했다.

추이의 말에서 느껴지는 진심 때문이었다.

비무극이 칼을 든 채 말했다.

"과연 무림공적과 어울려 다닐 만하구나. 네놈 역시도 마교로 가느냐?"

"아니. 나는 안 간다."

"못 믿겠군."

"믿든 말든 상관없다."

추이의 대답은 여전히 짧았다.

쏟아지는 비를 맞으며, 비무극이 칼을 떨쳤다.

허리와 오른발에서 흩뿌려진 핏물이 칼끝을 붉게 물들인다.

그렇게 붉은 매화의 궤적이 추이의 눈앞을 현란하게 채웠
다.

매화노방, 매화접무, 매화토염, 매개이도, 매화낙섬, 매화
낙락, 매화빈분, 매화혈우, 매화구변, 매화만개, 매화인동,
매화점개…….

그리고 그 뒤를 이어 다음 초식들이 뻗어 나간다.

제 십삼 초식 매화점점(梅花漸漸).

피어난 매화들이 번지고 번지며 색의 물결을 일으킨다.

그것은 추이의 검은색마저 물들여 버릴 듯한 기세로 사납
게 밀려 들어왔다.

제 십사 초식 매화난만(梅花爛漫).

매화가 어지럽게 휘날리며 흐드러졌다.

비무극의 칼은 추이의 퇴로뿐만 아니라 나아갈 길마저 모
조리 차단하고 있었다.

제 십오 초식 낙매분분(落梅紛紛).

어지러이 날리는 매화가 온 세상을 뒤덮었다.

그것은 가만히 서 있는 추이의 몸을 조금씩 조금씩 깎아내
며 붉게 흐드러진다.

제 십육 초식 낙매성우(落梅成雨).

매화잎들은 비를 이룬다.

하늘에서 떨어지는 무수한 빗방울들마저 이 매화의 색깔로 진하게 물들어 있었다.

제 십칠 초식 매영조하(梅影造河).

그렇게 매화빛깔로 물든 빗물은 바닥에 떨어져 꽃잎의 강을 만든다.

그것 역시 추이의 전신을 뒤덮어 버릴 듯 세찬 파도를 일으키고 있었다.

제 십팔 초식 매인설한(梅忍雪寒).

추이가 곤을 휘둘렀으나 매화잎은 갈라지지 않았다.

추운 겨울을 견뎌 한층 더 붉어진 꽃잎들은 그대로 추이의 곤에 달라붙었고 허공에 나부끼며 살점을 베어 문다.

비무극이 외쳤다.

"겸사겸사 네놈의 목도 잘라 남궁세가에 가져다주리라!"

매화검수가 선보이는 고도로 숙련된 매화검법이 추이를 몰아붙인다.

그때까지도 추이는 별다른 반응을 보이지 않았다.

다만.

천천히 곤을 들어 올려.

부ㅡ웅

옆으로 세차게 한번 휘저었을 뿐이다.

"……!"

비무극의 두 눈이 찢어질 듯 커졌다.

퍼퍼퍼퍼퍼퍼퍼퍼퍼퍼퍼퍼펑!

초식이라고 할 수도 없는 몽둥이질 한 번에 무수한 꽃잎들이 스러져 간다.

비무극은 자신의 칼등을 때리는 폭력적인 일격에 화들짝 놀라 뒤로 물러섰다.

욱신- 욱신- 욱신-

곤 끝에 검신이 스쳤을 뿐인데 손목이 미친 듯이 쑤신다.

까딱 잘못했으면 그대로 칼을 놓쳤을 것이다.

퍼엉-! 펑-! 부우웅!

추이는 묵묵히 몽둥이를 휘둘렀다.

흑색의 곤이 움직이는 방식은 딱 세 가지였다.

란(欄), 곤을 돌려 밖으로 밀어내고.

나(拿), 곤을 안쪽으로 당겨 누르고.

찰(扎), 곤을 앞으로 찌른다.

추이는 이 세 가지 동작만으로 이십사수매화검법의 대부분을 파훼해 버렸다.

"……! ……! ……!"

비무극의 두 눈이 찢어질 듯이 커졌다.

충격을 받지 않을 수가 없는 노릇이었다.

자신의 절기가, 공들여 한올 한올 한잎 한잎 피워 낸 매화 잎들이 웬 미친 난봉꾼의 몽둥이질 패악에 당해 무참히 찢겨

나가고 있으니 말이다.

그리고 그 충격에 의해 아주 잠시 드러난 빈틈으로, 추이의 곤이 인정사정없이 우격다짐으로 밀려 들어온다.

퍼-억!

휘둘러진 몽둥이 끝에 비무극의 뺨이 닿았다.

살점이 뭉텅이로 떨어져 나가며, 비무극의 왼쪽 어금니 치열이 훤히 드러나게 되었다.

"......!"

비무극은 얼굴 가죽이 밀리는 것을 느끼면서도 최후의 일검을 찔러 넣었으나, 그것은 추이의 곤에 막혀 더 이상 전진하지 못했다.

까-앙!

무수히 튀는 불똥과 함께, 추이는 곤대를 들어 올려 비무극의 칼을 튕겨 냈다.

그리고.

퍼-엉!

비무극의 배에 반대쪽 곤 끝을 꽂아 넣었고 그대로 위로 들어 올린 뒤 바닥에 내동댕이쳤다.

...철퍽! 콰쾅!

비무극은 별다른 저항 한 번 해 보지 못하고 곤에 옷자락을 잡힌 채 끌려다녔다.

"꺼헉!?"

빗물 웅덩이에 처박힌 비무극이 피투성이가 된 채 얼굴을 들어 올렸다.

그 앞으로 또다시 추이의 곤이 떨어져 내린다.

콰쾅!

지면이 움푹 파이며 흙탕물의 파도가 일어난다.

비무극은 황급히 바닥을 굴러 추이의 사정거리에서 벗어났다.

"허억…… 허억…… 헉…….."

그는 경계하는 시선으로 추이의 움직임을 살폈다.

하지만 추이는 비무극의 공격을 막거나 되치기만 할 뿐, 따로 밀고 들어오거나 하지는 않았다.

다만 느긋한 태도로, 그저 비무극의 모든 도주로를 가로막은 채 버티고 서 있을 뿐이다.

추이는 고양이가 쥐를 괴롭히는 것처럼, 비무극을 놀리고 있는 것이다.

비무극이 씹어 내뱉듯 말했다.

"이놈…… 무슨 짓을 꾸미고 있는 게냐? 왜 들어오지 않고 서성거리기만 하지?"

"궁금해서."

"뭐라?"

비무극이 묻자 추이는 짤막하게 대답했다.

"어차피 지금 여기서 살아 있는 것은 너와 나뿐."

"......."

그 말에 비무극은 시선을 흘끗 옆으로 돌렸다.

고목에 기댄 오자운은 여전히 꼼짝도 하고 있지 않았다.

숨소리조차도 들려오지 않는 것을 보니 아마도 진작 죽어 버린 모양.

추이는 말했다.

"어차피 이곳이 너와 오자운의 못자리라는 말이다."

"......."

"숨겨 놓은 것이 있다면 털어놓고 가라. 어차피 이제부터 는 너도 오자운도 백골이 진토될 때까지 함께 있어야 할 터. 서로 흉금을 터놓고 회포를 풀어도 문제 될 것이 없겠지."

추이의 말에 비무극이 헛웃음을 지었다.

"뭘 털어놓으라는 거냐? 네놈은 오자운과 무슨 사이지?"

"그냥 길벗이다. 오면서 사정은 대충 들었지. 나도 궁금하더군. 진범이 누구일지 말이야."

곤에 묻은 피를 털어 내는 추이의 표정은 여전히 태연하기 그지없다.

정말로 가벼운 호기심 같아 보였다.

"그날 밤에 무슨 일이 있었나? 누가 두 여자를 죽였지?"

"......."

애초에 오자운이 범인이 아니라는 것을 전제하고 묻는 질문이다.

여느 때와 달리, 비무극은 이 질문에 곧바로 대답하지 않았다.

쏴아아아아아-

빗줄기는 점점 더 굵어진다.

모든 것을 지워 버리고 흘러가게 하려는 듯, 그렇게 미친 듯이 쏟아지고 있었다.

이윽고, 침묵을 지키던 비무극의 입이 열렸다.

"……그래. 어차피 다 끝났으니 상관없겠지."

소진된 체력을 조금이라도 회복하기 위함일까, 그의 목소리는 시간만큼이나 질질 끌린다.

"저놈이 얼마나 기구한 삶을 살아온 놈인지, 내 말해 주도록 하마."

비무극은 죽은 오자운을 곁눈질하며 말했다.

조롱일까?

아니면 자괴감일까?

핏물과 빗물에 젖은 그의 입가는 오른쪽만 남아 기괴하게 비틀려 있었다.

"저놈의 아내를 죽인 사람은 사매가 아니야. 그리고 사매를 죽인 자도 저놈이 아니지."

그의 입에서 오래전의 진실이 흘러나왔다.

추이의 반응은 가벼웠다.

"오, 역시. 그럼 누군가?"

정말로 지나가는 호기심일 뿐이라는 듯한 반응.

비무극이 찢겨 나간 왼뺨을 씰룩거렸다.

그러고는 해묵은 숨을 토해 내듯 대답했다.

"나다."

오자운이 평생에 걸쳐 쫓아왔던, 바로 그 대답이었다.

하늘이 더더욱 검게 물들었다.

먹구름은 너무나도 무거워서 금방이라도 지상을 향해 푹 꺼질 것처럼 보였다.

콰릉―

한 줄기 번개가 하늘을 희게 가로지른다.

쏟아지는 폭우 아래에서, 비무극은 찢겨 나간 왼뺨을 씰룩 거렸다.

그는 남아 있는 오른쪽 입술을 말아 올리며 기괴한 미소를 짓고 있었다.

"나는 사매를 사랑했다."

"……."

"그녀를 위해서라면 뭐든지 할 수 있었지. 설사 사매가 다른 남자를 사랑한다고 해도, 먼발치에서 그녀의 앞길을 응원할 마음이었다."

비무극의 눈에서 시퍼런 살기가 뿜어져 나왔다.

"사매는 오자운, 저놈과 맺어졌어야 했다. 그래야만이 그녀는 행복할 수 있었어. 그래서 나는……."

"오자운의 아내를 독살했나? 사매가 오자운과 이어질 수 있도록?"

추이가 끼어들었다.

비무극은 천천히 고개를 끄덕였다.

"그래. 그녀를 위해서였다. 사매의 고운 얼굴이 상사병으로 인해 시름시름 말라 가는 것을 참을 수 없었어. 오자운, 저놈은 싫지만…… 저놈과 함께여야만 그녀는 살아날 수 있었다. 나는 나의 선택을 후회하지 않아."

"그럼 사매를 겁간하고 죽인 것은 누구냐?"

"ㅎㅎㅎㅎ…… 뭘 물어보느냐?"

비무극이 추이를 향해 으르렁거리듯 말을 계속했다.

"그날 밤. 초막에 있었던 사람은 사매와 나뿐이었다."

그는 옛일을 회상했다.

몰아치던 비바람, 요란하던 천둥 번개, 금방이라도 무너질 듯 삐그덕대던 초막.

여인의 마음을 거절하고 떠나 버린 남자.

떠나 버린 남자의 등을 보며 구슬프게 울던 여인.

그리고 그런 여인을 멀리서 훔쳐보던 또 다른 남자.

비무극은 초막 안으로 뛰어 들어갔다.

그리고 엎드린 채 서럽게 울던 맹영을 향해 외치고 또 외쳤다.

찢어진 입술이 뒤틀리며, 비무극의 미소가 한층 더 기괴하게 변했다.

"놈의 아내를 죽였지만 상황은 더욱 나빠졌다. 오자운, 저놈은 내가 생각한 것보다 훨씬 더 꼴통이었어. 사매는 여전히 말라죽어 가고 있었다. 그날 초막에서 저놈이 쐐기를 박았지! 사매는 저놈의 초막 안에서 자결하려 했다!"

"……."

추이는 곤을 뒤로 물렸다.

그리고는 묘한 표정을 지은 채로 비무극을 쳐다보았다.

비무극은 구역질을 하듯 자신의 감정을 토해 놓았다.

"사매는 너무했다! 내게 너무했어! 두 남자의 인생을 파국으로 치닫게 하고도 자기는 마음 편하게 이승을 뜨겠다고? 그러면 나는!? 남겨진 나는! 아내를 잃은 저놈은!? 남겨진 저놈은! 이 얼마나 무책임한 여인이더냐! 남자를 홀려 사랑에 빠지게 만들었거든 최소한 본인이 행복하게 살기라도 해야 할 것 아니더냐! 어찌 스스로 생을 마감하려 들어! 어!? 그게 대체 무어냔 말이야!"

하늘이 노했을까?

또다시 천둥이 친다.

그것은 비무극의 바로 옆으로 떨어져 내렸다.

콰—쾅!

비무극의 주변이 일순간 하얗게 물들며, 옆에 있던 고사목에서 시뻘건 겁화가 피어난다.

하지만 그러거나 말거나 비무극은 계속해서, 아예 오자운의 시체를 향해 고개를 돌린 채 소리 지르고 있었다.

"네놈이나 나나 마찬가지다! 여인의 치마폭에 휘감겨 모든 걸 잃어버린 몸이야! 머저리 오자운아! 가엾은 오자운아! 나는 너의 형제 비무극이다! 너는 거기에 죽어 있지만! 나 역시 여기에 죽어 있도다! 오오! 사매! 맹영 사매!"

감정은 점점 격해진다.

들불처럼 부글부글 끓어 곧 폭발할 것처럼 보였다.

그때. 비무극의 격정에 찬물을 끼얹는 목소리가 있었다.

"알겠고."

추이가 고개를 갸웃했다.

그는 비무극의 사연에는 조금도 관심 없다는 듯, 그저 고요한 눈으로 비무극을 응시하고 있을 뿐이다.

"묻는 말에 대답이나 똑바로 해라."

"……."

"그 맹영 사매라는 여인을 겁간하고 죽인 게 너란 말이지?"

"……."

비무극은 잠시 할 말을 잃었다.

그러고는 입을 다물었다.

"......"

"......"

쏟아지는 비. 말 없는 두 남자.

한참의 시간이 더 흐른 뒤에, 비무극의 입이 열렸다.

"겁간은 아니었다."

"그럼 뭐냐?"

"그날 밤. 사매는 내게 제안했다."

비무극의 눈이 붉게 물들어 간다.

실핏줄이 터져서 뜨거운 선혈이 흘러나오고 있었다.

"하룻밤. 단 하룻밤. 나를 오자운으로 생각하겠다고. 자신
을 안아 달라고."

"......"

"그리고 그 대신…… 자신의 목숨을 끊어 달라고……."

비무극의 목소리는 작아서 빗소리에 묻힐 뻔했다.

추이가 그 끝을 잡아 분명히 하지만 않았어도 그렇게 되었
을 것이다.

"그러니까. 어차피 공감도 안 되는데 자꾸 감성 팔지 말
고. 확실하게 말을 좀 해 봐라."

"뭘 말이냐?"

"너는 합의하에 했다. 그렇게 주장하고 싶은 거잖나."

"그렇다."

"그 말을 어떻게 믿지?"

추이의 질문에 비무극은 조소를 머금었다.

"그러면 뭘 어떻게 증명할까? 오자운, 저 바보 놈처럼 자기 왼팔이라도 끊으란 말이냐?"

"증거는 없다는 말이로군."

"그렇다. 하지만 맹세한다. 내 말에는 한 점의 거짓도 없다. 나는 그녀를 사랑했고, 끝까지 그녀를 위했다. 결코 겁간을 한 것이 아니야."

"네 말이 사실이라고 치자. 하지만 그런 상황에 처해 있었던 맹영이라는 여인의 정신이 또렷한 상태는 아니었을 것 같군. 아마 너에게 안긴 것도 그저 자포자기하는 마음에서였겠지. 이른바 심신미약이라는 것이다."

"그래. 그럴 수 있었겠지. 그날 밤 초막에 있었던 이들 중 제정신인 이는 없었다. 나도, 그녀도, 저놈도."

"아니지."

"……?"

추이는 비무극의 말을 끊고는 친히 정정해 주었다.

"아내를 잃은 슬픔에 다른 여자를 받아들이지 못하는 남자. 정상."

"……"

"사랑하는 남자가 자신을 받아 주지 않아서 비관하는 여자. 정상."

"……."

"그런 상태의 여자와 하룻밤을 보낸 뒤 그 대가랍시고 그녀를 죽인 남자. 비정상."

추이의 고요한 눈동자가 흔들리는 비무극의 눈동자를 가만히 응시한다.

"고로. 다 정상인데 너만 비정상인 것이다."

"후후…… 후후후후……."

비무극은 웃었다.

그의 광소(狂笑)는 하늘에서 울리는 천둥소리와 뒤섞였다.

"그래! 그렇다! 결국 글러 먹은 것은 나 하나뿐이지! 하지만 어떠냐! 지금 이곳에 살아 서 있는 것은 나다! 다 죽었어! 사매도! 오자운도! 정상인들은 다 뒈져 버리고 여기 비정상인만 살아 숨 쉰다! 이 얼마나 웃기는 일이냐!"

하지만 추이는 웃지 않았다.

다만, 그저 조용히 고개를 들어 관목 너머를 응시할 뿐.

"……들었지?"

순간, 추이의 말을 들은 비무극의 심장이 덜컥 내려앉았다.

"뭐, 뭘 들어? 무슨 말이냐?"

"너에게 한 말 아니다."

추이의 대답이 더욱 섬뜩하다.

비무극은 천천히, 아주 천천히 고개를 옆으로 틀었다.

그리고 추이가 바라보는 방향을 향해 시선을 옮겨 놓았다.

"……!"

그곳에는 어느새인가 다른 사람 한 명이 서 있었다.

남궁율.

그녀는 이곳저곳 찢어진 옷으로 몸을 가린 채 비무극을 보고 있었다.

머리카락은 짧게 잘려 나가 단발이 된 채였다.

추이는 남궁율을 향해 고개를 까닥 움직였다.

"점혈을 약하게 했나. 그새 혈도가 풀려 버렸군."

"……."

남궁율은 추이의 말에 대답하지 않았다.

다만 충격을 받은 듯, 멍한 표정으로 비무극을 바라보고 있었다.

"낭와진인…… 그럼 당신이……."

그녀는 떨어지지 않는 입술을 억지로 달싹였다.

지금 눈앞에 펼쳐진 현실을 믿을 수 없다는 듯한 목소리였다.

비무극 역시 한동안 굳어 있었다.

이윽고, 그의 눈에 독기가 올랐다.

쉬익—

비무극이 칼을 휘둘렀다.

독사처럼 쏘아진 칼끝이 향하고 있는 곳은 바로 남궁율의 목젖이 있는 곳이었다.

"꺄악!?"

그녀는 자신의 코앞까지 날아들어 온 참격을 보며 비명을 질렀다.

절대로 피할 수 없는 살초였다.

"안 되지."

그녀의 앞을 태산처럼 가로막은 추이가 아니었다면 말이다.

까-앙!

추이는 곤을 가로로 뉘였고 칼끝을 곤 끝으로 받아쳐 튕겨 냈다.

하지만 비무극은 포기하지 않았다.

그는 보금자리를 침범당한 맹수처럼 사납게 외쳤다.

"비켯!"

그의 검신에서 시퍼런 검루가 폭사되었다.

그것은 추이를 완전히 무시한 채 오직 남궁율만을 향하고 있었다.

하지만.

"아가씨!"

덤불숲 뒤에서 수십 개의 목소리들이 들려왔다.

이윽고, 자월특작조의 무사들이 달려와 비무극의 참격을 걷어 냈다.

차차차차차착-

남궁세가의 무사들이 남궁율을 감쌌다.

그들 중에는 무림맹의 추격조들도 다수 포함되어 있었다.

"……."

"……."

모든 이들이 비무극을 바라본다.

하나같이 추이에게 혈도가 짚인 채 바닥에 쓰러져 있었던 이들이었다.

자신을 향하는 수많은 시선들을 마주한 비무극이 뒤로 비틀비틀 물러났다.

"아, 아니야. 이건 오해다."

오자운과 추이에게 집중하느라 풀숲 아래에서 희미하게 느껴지는 생기를 감지하지 못한 것이 패인이었다.

범을 잡고 운기조식을 마쳤을 때 동료들의 칼이 한곳에 꽂혀 있었던 것을 본 것도.

그래서 그들이 이미 죽었을 것이라 섣불리 단정 지었던 것 역시도 말이다.

"오해야! 다 저놈! 저놈의 평정심을 깨트리기 위한 심계였다! 사실이 아니야! 정말이다!"

비무극은 손사래를 치며 변명했다.

"……."

"……."

하지만 돌아오는 반응은 싸늘하다.

애초에 비무극의 말이 사실이라고 하더라도 남궁율을 향해 살초를 몇 번이나 전개했던 시점에서 이미 돌이킬 수 없는 강을 건넌 셈.

분위기가 묘하게 돌아가기 시작했다.

남궁세가와 무림맹의 추격조들은 이제 추이와 오자운을 바라보지 않는다.

그들의 시선은 오로지 단 한 명, 비무극만을 향해 고정되어 있었다.

마치 혐오스러운 벌레를 보듯이.

바로 그 시점에서, 추이가 곤을 들어 올렸다.

"아까도 말했지만. 결국 매듭은 묶은 사람이 풀어야 한다."

추이의 시선은 여전히 물처럼 고요하게 흘러가 비무극의 얼굴에 고였다.

남궁율을 비롯한 이들 역시도 홀린 듯 추이의 말을 따르고 있었다.

추이는 딱 한마디로 상황을 정리했다.

"나는 이 이상 개입하지 않을 테니 앞으로는 사건의 당사자들끼리 풀어라."

"당사자? 하하하― 여기에 당사자가 또 누가 있단 말이냐?"

비무극이 황당하다는 듯 물었다.

하지만. 대답은 추이가 아닌 다른 곳에서 들려왔다.

"……여기에 있다."

끊어질 듯 이어질 듯 위태로운 목소리.

그것을 듣는 순간 비무극은 전신의 털이 쭈뼛 곤두서는 것을 느꼈다.

목뼈가 부러질 듯 고개를 돌린 그의 눈에 유령과도 같은 형체가 보였다.

"……!"

한번 졌던 매화가 다시 한번 새롭게 피어난다.

사망매화 오자운.

그가 칼을 짚고 일어나 마주하고 있었다.

그토록 오랜 세월 뒤쫓아 왔던 진범(眞犯)의 얼굴을.

졌다가 다시 피어나는 매화.

사망매화 오자운이 몸을 일으켰다.

그의 손에는 칼자루가 단단히 잡혀 있었다.

칼날이 빠진 채, 세로로 깊게 쪼개져 있는 칼자루.

마지막 순간, 비무극의 칼이 쪼개 놓은 것은 오자운의 늑골이 아니라 그가 쥐고 있었던 칼자루였던 것이다.

…툭!

오자운은 손에 꽉 쥐고 있었던 칼자루를 버렸다.

그리고 바닥에 떨어져 있던 칼날을 맨손으로 집어 들었다.

꽈악—

칼날이 살갗을 파고들어 뼈에 가 닿았다.

손에서 피가 줄줄 흘러내리고 있었다.

하지만 오자운은 아랑곳하지 않은 채 칼날을 들어 올렸다.

"……."

비무극은 귀신이라도 보는 듯한 표정으로 오자운을 마주했다.

이윽고, 그의 입이 천천히 열렸다.

"그래. 자네가 귀신이든 사람이든, 이제 결착을 낼 때가 되었지."

오래된 악연. 질긴 원한. 이제 이 모든 것들을 끊어 낼 순간이 왔다.

비무극이 비틀거리며 칼을 들었다.

오자운 역시도 비틀거리며 칼을 뺐었다.

날카롭게 곤두선 두 개의 검극이 서로의 심장을 향해 아름다운 매화를 피워 냈다.

이십사수매화검법(二十四手梅花劍法).

총 스물네 개의 초식에 울고 울었던 지난날들이 스쳐 지나간다.

서서히 그쳐 가는 빗속에서 휘날리는 꽃잎.

붉고 푸르게 흐드러지는 한 장 한 장에 이슬처럼 맺힌 젊은 시절, 좋았던 나날들.

하지만 결국에는 다 옛날 일이다.

바람이 불면 홍진(紅塵)은 쓸려 가고, 해가 뜨면 항해(沆瀣)

가 사라지듯, 이제는 그 모든 것들을 떠나보낼 때였다.

제 일 초식 매화노방, 제 이 초식 매화접무, 제 삼 초식 매화토염, 제 사 초식 매개이도, 제 오 초식 매화낙섬, 제 육 초식 매화낙락, 제 칠 초식 매화빈분, 제 팔 초식 매화혈우, 제 구 초식 매화구변, 제 십 초식 매화만개, 제 십일 초식 매화인동, 제 십이 초식 매화점개, 제 십삼 초식 매화점점, 제 십사 초식 매화난만, 제 십오 초식 낙매분분, 제 십육 초식 낙매성우, 제 십칠 초식 매영조하, 제 십팔 초식 매인설한.

스친다.

맞지 않는다.

비무극의 칼과 오자운의 칼은 서로를 마주하지 않은 채 그저 스쳐 지나갈 뿐이다.

분명 같은 공간에서 같은 궤도로 휘둘러지고 있지만 둘의 칼은, 둘의 운명은 조금의 교차점도 없이 그저 덧없이 흘러가고 있었다.

하지만. 하지만 둘 사이에서는 지금껏 전례가 없을 정도로 많은 수의 매화잎들이 하염없이 흐드러지고 있었다.

"……."

"……."

남궁율을 비롯한 이들은 멍한 표정으로 둘의 결전을 바라본다.

칼과 칼은 이제 서로를 스쳐 지나갈 때마다 진한 향(香)을 자아내고 있었다.

제 십구 초식 매향성류(梅香成流).

매화의 향기가 물결을 이루어 넘실거린다.

그것은 두 매화검수의 칼끝이 피워 내는 매화가 더 이상 환상 속의 존재로 그치는 것이 아니라 현실의 영역까지 닿고 있다는 증거였다.

제 이십 초식 매향침골(梅香浸骨).

매화의 향기는 지켜보고 있는 이들의 뼈까지 스며들 정도로 진해지고 있었다.

만약 무공을 모르는 사람이 이곳에 왔다면 이곳이 전설 속에 등장하는 도원경(桃源境)이 아닌가 착각했을지도 모르는 일이다.

제 이십일 초식 매향취접(梅香醉蝶).

남궁율을 비롯한 모든 이들이 매화 향기에 취했다.

그들은 꽃잎에 홀린 나비처럼, 저도 모르게 격전지를 향해 조금씩 조금씩 다가가고 있었다.

제 이십이 초식 매유청죽(梅遊靑竹).

그리고 그 와중에도 두 명의 매화검수는 청죽처럼 꼿꼿하게 선 채 계속해서 검법을 전개해 나가고 있었다.

둘 다, 조금도 물러서지 않은 채로.

제 이십삼 초식 매향성류(梅香成流).

둘을 사이에 두고 매화의 향기는 새로운 흐름을 이루어 커다랗게 출렁거린다.

이는 열아홉 번째의 초식과 궤를 같이하고는 있으나, 그 규모 면에서 훨씬 더 광활하여 마치 붉은 용과 푸른 용이 뒤엉켜 싸우는 광경을 보는 것 같았다.

휘이이잉―

감미로운 바람이 일어나 꽃잎을 흩날린다.

마치 꽃밭 사이를 노니는 신선처럼, 오자운과 비무극은 고아한 움직임을 보이며 주변의 모든 것을 매혹시키고 있었다.

……그러나.

그것은 어디까지나 먼발치에서 보았을 때의 이야기.

정작 이 도원경의 중심에서 검무를 추고 있는 두 도사의 사정은 전혀 다르다.

…퍼억!

오자운의 어깨에서 핏물이 튀며 살점이 한 움큼 떨어져 나왔다.

뎅강―

비무극의 왼손 손가락 두 개가 잘려 나갔다.

피어나는 매화 꽃잎 한 장이 몸에 닿을 때마다 어김없이 선혈이 낭자하며 살점과 뼛조각들이 사방팔방으로 비산하고 있었다.

강한 것이 약한 것을 누른다.

빠른 것이 느린 것을 깎아 낸다.

날카로운 것은 부드러운 것을 베어 가른다.

그것은 꽃잎의 아름다운 빛깔과 향기에 가려져 있는, 냉혹하면서도 무시무시하며 처절하기까지 한 현실(現實) 그 자체였다.

그때.

문득, 오자운의 입이 열렸다.

"……그래. 너는 검로. 나는 금로. 옛날 일이라 잊고 있었군."

극도로 건조한 음성이 폐 속 깊숙한 곳에서 탄식처럼 흘러나왔다.

천천히 흘러가는 시간, 흐드러지는 꽃잎 너머에서, 오자운은 비무극의 눈을 응시하고 있었다.

비무극이 대답했다.

그의 목소리 역시 가뭄을 맞은 논두렁처럼 쩍쩍 갈라져 있었다.

"나에게는 옛날의 일이 아니었다. 나는 늘, 언제나 너를 시기했다. 훈련이 끝나면 매번 낮잠만 자면서도 나보다 뛰어났던 너를."

매일매일 피땀 흘려 가며 노력했는데도 상대는 어느새 저만치 앞서 있다.

심지어 게으름을 피우면서도.

비무극의 칼끝이 뒤틀리기 시작한 것이 바로 그 시점부터였다.

하지만 오자운은 비무극의 말을 부정했다.

"나는 게을러서 낮잠을 잤던 것이 아니야."

"……?"

비무극은 미간을 찡그린다.

오자운이 말을 이었다.

"나는 매 훈련, 매 훈련을 실전이라고 생각했다. 연무장에 존재하는 모든 이들이 칼을 들고 나를 노린다고 가정했지."

"…….'

"매일매일 목숨을 걸고 전쟁터를 돌아다녔던 셈이야. 내가 빠르게 강해질 수 있었던 것도 그 때문이고."

"…….'

"전쟁을 끝내고 나면 당연히 지쳐서 쓰러지듯 잘 수밖에 없었다. 모든 기력을 소진해 버렸으니 당연한 일이지. 숨어서 잤던 것 역시도 전쟁터를 날아다니는 눈먼 화살에 맞을까 봐 두려워서였다. 훈련은 끝났어도 암시에서는 바로 깨어 나오지 못했으니까."

"…….'

비무극은 아무런 대답도 하지 않았다.

오자운 역시도 더는 아무런 말을 하지 않았다.

이윽고, 두 명의 매화검수가 서로를 지척에서 마주 보게 되었다.

일척도건곤(一擲賭乾坤).

산 자와 죽은 자를 가르는 마지막 승부수가 던져졌다.

진한 매화향을 머금은 칼날이 붉고 푸른 궤적을 그리며 서로를 향해 교차했다.

제 이십사 초식 매화만리향(梅花萬里香).

이십사수매화검법의 진수(眞髓)이자 오의(奧義).

매화의 향이 만 리 바깥까지 퍼질 정도로 진해진다.

지켜보던 이들은 환상 속의 향기를 맡으며 홀린 듯 눈을 감았다.

"……."

"……."

눈을 감을수록 더욱 또렷하게 보인다.

온통 색색으로 물든 공간 속에서 두 자루의 매화검이 뒤얽혔다.

오자운. 비무극.

같은 항렬의 두 매화검수가 서로를 마주 본다.

오랜 시간 같은 곳에서 자고, 같은 것을 먹고, 같은 것을 입고, 같은 훈련을 해 왔던 사형제가 서로의 목숨을 노린다.

연무장에서 수도 없이 견식했던 서로의 검인지라 어떻게 피하고, 어떻게 받아 내야 할지 너무나도 잘 알고 있었다.

……그러나.

최후의 순간을 맞이하려는 이때, 딱 하나 달라진 것이 있었다.

비무극은 그대로였으되 오자운은 변한 것.

그것은 바로 스스로 잘라 낸 왼팔의 부재였다.

왼팔이 덜어낸 딱 그만큼의 무게.

아주 조금 더 가벼워진 오자운의 칼이 아주 조금 더 빠르게 뻗어 나갔다.

…핏!

소리는 작고 가늘었다.

오자운의 칼끝에서 피어난 매화잎이 비무극의 목을 스치듯 어루만졌다.

"……."

"……."

둘은 서로를 등진 채 한동안 아무런 말도 없이 서 있었다.

비가 천천히 멎어 간다.

기나긴 밤이 지나며 새벽의 여명이 비쳐 오기 시작했다.

'…….'

날카로운 눈매를 지닌 소년.

한 살 터울의 믿음직한 형.

오자운의 눈에는 어린 시절, 화산에 막 입문하던 날의 비무극이 보인다.

'…….'

맑은 눈을 가진 더벅머리 꼬마.

부잣집 자제면서도 권위 의식 따위는 조금도 없이 명랑하던 동생.

비무극의 눈에는 어린 시절, 화산에 막 입문하던 날의 오자운이 보인다.

둘은 서로를 등진 채 서로의 모습을 보고 있었다.

오자운은 울었고, 비무극은 웃었다.

이윽고. 비무극의 입술이 달싹였다.

"……마침내. 더벅머리 아이의 이름이 천하에 날리게 되었구나."

동시에. 비무극의 목 아래가 붉게 젖어 가기 시작했다.

그의 머리는 그대로 목 위에 얹어져 있었으되, 목젖을 중심으로 붉은 가로선이 생겨나기 시작했고 그 선 아래의 모든 것이 빨갛게 물들어 간다.

오자운의 검은 비무극의 목을 완전히 절단하고 지나갔음에도 불구하고 머리를 목 위에 그대로 올려놓았던 것이다.

결국.

풀썩—

비무극은 그 자세 그대로 무릎을 꿇고 주저앉았다.

그때까지도 그의 머리는 목 위에 그대로 올려져 있었다.

붉게 번지는 매화향을 뒤로한 채, 오자운은 비틀거리며 발걸음을 옮겼다.

금방이라도 쓰러질 듯한 걸음걸이.

이윽고, 오자운은 손아귀를 파고들었던 칼날을 바닥에 떨어뜨렸다.

땅그랑―

붉게 갈라진 손아귀 틈으로 하얀 뼈가 드러나 보인다.

피가 폭포수처럼 줄줄 쏟아져 내리고 있었으나 오자운은 아무런 통증도 느끼지 못하는 듯, 그저 허공만을 바라보고 있었다.

남궁율이 저도 모르게 오자운을 향해 한마디 했다.

"진인……."

이윽고. 무림맹의 추격자들이 오자운의 앞에서 비켜섰다.

무리가 두 갈래로 갈라지며 가운데로 길이 트였다.

그들 사이를 천천히 걸어서 지나가는 오자운에게 아무도 말을 걸지 못했다.

"……."

걷혀 가는 먹구름 사이, 드리워지는 새벽의 광명이 그를 비춘다.

그 아련한 빛무리 너머에 강아와 맹영의 얼굴이 보인다.

그들은 오자운을 보며 희미하게 웃고 있었다.

오자운은 울면서 웃었다. 웃으면서 울었다.

피와 눈물로 범벅이 된 얼굴로.

동시에, 환하게 번져 오는 햇살 아래에 오자운의 모습이 훤히 드러난다.

남궁율을 비롯한 모든 이들이 그 모습을 보며 경악했다.

"머, 머리카락 색이……!"

남궁율을 비롯한 모든 이들이 입을 반쯤 벌렸다.

오자운의 머리카락이 최후의 몇 걸음을 내딛는 사이에 노인의 것처럼 새하얗게 변해 버렸기 때문이다.

그때, 그들의 뒤에서 나지막한 목소리가 들려왔다.

"다 너희들 덕분이다."

추이가 어느새 남궁율의 뒤에 서 있었다.

"너희들이 계속해서 추격해 왔기에 머리카락이 저렇게 변한 것이겠지. 격심한 과로와 슬픔, 억울함 때문에 말이야."

"그, 그건……."

남궁율은 쩔쩔맸다.

그녀 뒤에 있는 무림맹의 무사들 역시도 마찬가지였다.

추이는 혀를 한 번 쯧 하고 찼다.

그러고는 곤을 들어 올려 비무극의 시체를 가리켰다.

"혈도가 눌려 있는 동안 대충 들었을 것이다. 저들 사이에 어떤 악연이 있었는지 말이야."

"……."

"이만하면 사망매화라는 인물에 대한 누명은 벗겨졌을 것이라 생각한다."

추이의 말에 무림맹의 무사들 몇몇이 고개를 끄덕였다.

그들 중에는 화산파 출신의 도사들도 다수 끼어 있었다.

이윽고, 추이는 남궁세가의 자월특작조원들을 돌아보았다.

"너희들은 어쩔 거지? 나와 한 번 더 붙어 볼 텐가?"

"……."

추이의 말에 그들은 조용히 고개를 떨궜다.

삼림 속에서 이미 한 번 호되게 당했던 경험이 있기에 그 렇다.

그때. 남궁율이 앞으로 나섰다.

"사망매화가 무림공적으로 몰린 것은 억울한 누명을 뒤집 어썼기 때문이라는 사실, 확실히 인지했습니다. 그리고 이 모든 사건의 원흉이자 진범인 비무극의 수급을 무림맹으로 전달하겠습니다. 진상 규명은 처음부터 다시, 공정하고 투명 하게 이루어질 것입니다. 동시에 비무극이 최후의 순간 저를 살인멸구(殺人滅口)하려 했다는 사실 역시도 화산파 측에 엄중 하게 항의할 계획입니다."

그녀의 말에 화산파 무인들의 고개가 더더욱 떨구어졌다.

하지만 추이의 표정은 여전히 조금도 변하지 않고 있었다.

"그것은 너희들의 안위를 위한 조치지."

"……예?"

"진상 규명이라는 것은 임무에 실패한 네놈들이 자신의 처 지를 변명하는 과정일 뿐이잖나. 진짜 피해를 입은 자에 대 한 조치가 아니라."

"……."

추이의 말에 남궁율의 미간이 찡그러졌다.

그녀는 날카로운 목소리로 추이를 향해 말했다.

"저는 사망매화 사건과 상관이 없습니다. 그것은 화산과 무림맹의 소관이지요."

"남궁세가 역시 정도십오주의 하나가 아닌가? 무림맹의 추격조 중 남궁세가 출신이 하나도 없진 않을 텐데?"

추이의 말을 들은 몇 명인가의 무림맹 무사가 고개를 슬쩍 떨어트린다.

그들은 남궁세가 출신이었다.

남궁율이 이를 악물었다.

이윽고, 그녀는 오자운을 향해 고개를 숙였다.

"오자운 선배님께 이 무림말학이 감히 용서를 청합니다. 저희 남궁세가는 물론 무림맹 역시도 선배님의 명예를 복구하기 위해 최선의 노력을 기울일 것을 약속드리는⋯⋯."

"됐다."

가만히 서 있던 오자운이 별안간 입을 열었다.

고개를 돌린 그의 눈빛은 전보다 많이 부드러워져 있었다.

하지만 맑고 잔잔한 그 눈빛을 제대로 맞받을 수 있는 이는 이곳에 추이 하나밖에 없었다.

아무도 오자운의 얼굴을 똑바로 마주 보지 못한다.

어떻게 감히 그러겠는가.

자신들이 지금껏 애꿎은 사람에게 칼을 들이밀고 죽일 듯

쫓아왔다는 사실을 깨달았는데 말이다.

그렇기에 지금 오자운이 하는 말은 모두의 눈에 눈물이 핑 돌게 만드는 것이었다.

"그럴 수 있는 것이었다. 몰랐으니까."

그 말에 남궁율이 서둘러 입을 열었다.

"가, 감사합니다. 선배님. 제가 돌아가게 되면 책임지고 선배님의 명예를 회복……."

"단."

오자운이 그녀의 말을 끊었다.

그는 따듯하게, 하지만 단호한 말로 지금의 상황을 정리했다.

"실수는 누구나 할 수 있다. 사람이니까."

"……."

"그리고 인격이라는 것은 그것을 책임지고 수습하는 과정에서 결정되는 법."

"……?"

"그렇기에 나는 마교로 넘어간다."

"……!"

남궁율을 비롯한 모든 이들이 의아한 표정을 짓는다.

오자운은 그들의 앞에서 쐐기를 박았다.

"나는 중원을 등질 것이다. 그리고 처음에 마음먹었던 대로 마교에 귀의할 것이야."

"……."

"너희들을 뉘우치게 만들 생각도, 용서할 생각도, 명예를 회복할 생각도 없다. 그저 더 이상 얽히고 싶지 않은 마음뿐."

오자운의 말을 들은 좌중 사이에서 신음 소리가 흘러나왔다.

이제는 용서하고 용서받을 것도 없다.

완전히 파국이 난 사이, 이미 돌이킬 수 없게 된 감정.

오자운은 남궁율의 얼굴을 바라보며 말했다.

"너희들에게 최후의 양심이라는 것이 남아 있다면…… 마교로 가는 내 뒤를 더 이상 쫓지 말아라. 단지 그뿐이다."

"……."

남궁율은 입을 빼끔거렸다.

하지만 도무지 할 말이 없었다.

정도의 걸출한 인재, 차세대 거목이 될 떡잎이 뿌리채로 마교로 넘어가게 되었다.

제대로 알아보지도 않고 한 사람을 악적으로 몰아넣은 정파의 수뇌부 탓이었다.

"……."

오자운의 인품과 무위를 알고 있는 화산파의 무사들은 침통한 표정을 짓고 있었다.

어쩌면 장차 화산파의 장문인이 되었을지도 몰랐을 영웅을 이제 적으로 삼게 생겼다.

안타깝고 또 절박한 일이었지만, 어떻게 손쓸 방도가 없었다.

결국, 남궁율은 추이에게 중재를 요청할 수밖에 없었다.

"오 선배가 다시 정도로 돌아오시는 것은 바라지도 않습니다. 다만 마교로 가시는 것만은 조금…… 혹 이 점을 전달해 주실 수는 없으실까요?"

"내가 왜 그래야 하지?"

추이의 반문에 남궁율은 잠시 고민했다.

이윽고, 긴 침묵 끝에 그녀는 입을 열었다.

"만약 당신이 오 선배를 설득하는 것을 도와주신다면, 남궁세가는 당신에 대한 원한을 모두 잊어버리도록 하겠습니다."

오자운을 설득하여 마교로 귀의하는 것을 막아 준다면 남궁세가는 더 이상 추이를 쫓지 않겠다.

이것이 남궁율의 조건이었다.

하지만 추이는 그저 콧방귀만 뀔 뿐이었다.

"잊지 않아도 된다."

"……뭐라고요?"

"기억하고 싶으면 기억해라. 쫓아오고 싶으면 쫓아와라. 남궁세가가 무엇을 할 수 있나?"

그 말에 남궁율의 미간이 와락 찡그러진다.

하지만 추이의 말은 맞는 말이었다.

당장 추이가 이곳에서 살수(殺手)를 쓴다면 살아서 이 산을 내려갈 수 있는 자는 한 명도 없으리라.

추이는 남궁율의 눈을 똑바로 쳐다보며 말했다.

"남궁천이 직접 나서지 않는 한 내가 남궁세가에 잡힐 일은 없다. 그러니 그런 제안은 들을 가치도 없지."

"……."

모욕에 가까운 지적이었지만 현실을 깨닫는 것에는 즉효약이었다.

결국, 남궁율은 자신이 아무것도 할 수 없다는 사실을 인정해야 했다.

발바닥에 피가 나도록 달려 이런 오지산간까지 왔건만, 아무것도 해보지 못하고 추이에게 생포당했을 때만큼이나 절망적이었다.

남궁율은 주먹을 꽉 쥐고 부들부들 떨었다.

그리고 추이를 향해 목소리를 높였다.

"당신은 도대체 누군가요? 왜 남궁세가에서 그런 일을 벌였고, 왜 오 선배를 도왔던 건가요?"

"네가 알 바 아니다."

그러나 추이는 남궁율을 철저히 무시했다.

태어나서 단 한 번도 남에게 이런 무시를 받아 본 적 없는 남궁율은 이제 분노를 넘어 거의 멍해져 있는 상태였다.

그런 남궁율에게 추이가 한마디 했다.

"너는 안락한 네 집으로 돌아가서 맡은 역할이나 똑바로 수행해라."

"맡……은 역할?"

남궁율이 황당하다는 듯 되묻자 추이는 마지막으로 짧게 첨언했다.

"촉새 역할 말이야."

즉, 여기저기 떠벌리고 다니기나 하라는 말이었다.

🙢

남궁율이 이끄는 추격대가 먼저 산에서 내려갔다.

이제 그들은 남궁세가가 있는 안휘성과 무림맹이 있는 하남으로 향할 것이다.

산봉우리 위에는 추이와 오자운만이 남았다.

그들은 계속해서 앞으로 나아갔다.

산을 넘고 물을 건너, 가파른 절벽을 타 넘고 드넓은 호수를 건넜으며, 북적이는 인파 속을 뚫고 가기도 했고 사람 하나 없는 사막을 가로지르기도 했다.

이윽고. 천산산맥으로 통하는 잔도가 눈앞으로 모습을 드러냈다.

자욱한 안개 너머로 끝없이 뻗어 있는 외줄다리였다.

추이는 이곳에서 오자운에게 작별 인사를 건넸다.

"여기서부터는 혼자서 가라."

"……."

오자운이 발걸음을 멈춰 세웠다.

그는 추이를 돌아보며 말했다.

"같이 가지 않겠나?"

"같이 가지 않겠다."

"그런가."

"그렇다."

권유와 거절, 모두 짧았다.

오자운은 입가에 건조한 미소를 머금었다.

"마지막으로 뭐 하나 물어봐도 되나?"

"그래라."

추이가 고개를 끄덕인다.

오자운이 궁금한 것을 물어보았다.

"그때 말이다. 어떻게 비무극이 실토할 것을 알고 증인들을 미리 깔아 놨었나?"

그는 그것이 못내 궁금한 모양이었다.

추이는 대수롭지 않다는 듯 대답했다.

"원래 범죄자들은 자신의 범행을 숨기고 싶어 하면서도 은근히 드러내고 싶어 하는 양가적인 심리가 있지. 그래서 판을 깔아 줬을 뿐이다."

"흐음. 그래도 놈이 마지막까지 입을 열지 않았을 수도 있지 않나. 그랬으면 어떻게 했을 텐가?"

오자운의 반문을 들은 추이는 어깨를 으쓱했다.

"그럼 그냥 다 때려죽이는 거지 뭐."

그 대답을 들은 오자운은 웃음을 터트렸다.

단장애의 물안개가 저 뒤로 밀려날 정도로 크게, 그리고 시원하게.

"역시 자네는 미쳤어."

"칭찬 고맙다."

이윽고, 오자운은 눈에 맺힌 눈물을 닦아내며 말했다.

"약속하지. 내가 마교에 귀의하는 것과는 별개로, 나는 자네가 어디에 있든 간에 자네의 편을 들겠네."

"그것도 고맙군."

추이는 대수롭지 않게 고개를 끄덕였다.

오자운은 전생에서도 마교의 좌신장차사(左神將差使)까지 올라갔었던 인물이니 이번에도 알아서 잘 해낼 것이다.

이제 정말로 작별의 시간이 되었다.

저벅- 저벅- 저벅-

오자운은 왼팔의 소매를 펄럭이며 잔도 위를 나아갔다.

추이는 멀찍이 떨어진 절벽에서 그 모습을 지켜보고 있었다.

한때 가장 스승이라는 존재에 가까웠던 그의 뒷모습을.

……바로 그때.

"어이!"

다리 위로 얼마간 걸어가던 오자운이 갑자기 추이를 향해 돌아섰다.

이윽고.

획―

오자운이 추이를 향해 무언가를 던졌다.

그것은 허공을 빙글빙글 날아와 추이의 발 앞으로 떨어져 내렸다.

…푹!

추이는 땅바닥에 박힌 것을 보며 눈썹을 까닥 움직였다.

칼자루가 없는 칼날.

일곱 개의 붉은 보석이 북두칠성의 모양처럼 박혀 있는 보검의 날이었다.

매화검수.

화산파의 최고 기재, 차세대를 이끌어 나갈 걸물들에게만 수여되는 보검 중의 보검이다.

추이는 왼손으로 검날을 집어 들었다.

그것은 묘하게도 오른손에 들려 있는 곤 묵죽과 서로 잘 어울리는 것 같았다.

저 멀리서 오자운이 외치는 소리가 들려왔다.

"한때는 내 보물이었으나 이제는 필요 없는 것이네! 나보다는 자네에게 더 필요하겠더군!"

그는 안개 너머로 서서히 사라져 간다.

"자네는 역시 곤보다는 창이 어울려!"

후련한 미소만을 남긴 채로.

한편.

산을 내려온 남궁율은 곧장 남궁세가로 향하고 있었다.

자월특작조의 조원 하나가 그녀에게 물었다.

"아가씨. 본가에 해당 사실을 보고하고 나신 뒤 무림맹으로 가시렵니까?"

"……."

잠시 무언가를 고민하던 남궁율.

그녀는 이내 단호한 표정으로 고개를 저었다.

"아뇨. 저는 무림맹으로 안 돌아갑니다."

"네? 그럼 계속 본가에 계실 계획이십니까?"

"그것도 아닙니다. 저는 본가로도 가지 않습니다."

"네에? 그, 그럼 어디로 가시려고요?"

남궁율의 말에 모두가 당황했다.

하지만 그러거나 말거나, 그녀는 두 주먹을 꽉 말아 쥐었다.

"할아버님의 지엄한 명령을 어찌 거역하겠습니까."

"예? 명령이라 하심은……."

"삼칭황천 생포."

"……!"

무사의 눈이 동그랗게 벌어진다.

하지만 남궁율은 진지했다.

그녀는 의지 넘치는 목소리로 말을 이었다.

"다들 돌아가세요. 무림맹 분들은 무림맹으로 가시면 되고, 본가의 사람들은 본가로 가시면 됩니다."

힘에서도 밀렸고 명분에서도 밀렸다.

하지만 그럼에도 불구하고 그녀는 패배를 인정할 수가 없었다.

어째서인지는 그녀 스스로도 알 수 없는 일이었다.

그래서 남궁율은 태어나서 처음으로 무작정, 가슴이 시키는 대로 하기로 결정했다.

"저는 기필코 그자를 잡아서 본가로 데려갈 것입니다. 다른 사람의 힘을 빌리지 않고, 오직 저 혼자만의 힘으로요."

스무 살 인생을 통틀어 처음으로 품은 결의(決意)였다.

장강의 수적들

오자운을 보낸 뒤, 추이는 산을 내려왔다.

어느 물 맑고 공기 좋은 계곡, 쏟아지는 폭포 앞에서 추이는 잠시 발걸음을 멈췄다.

…탁!

바위 위에 두 개의 무기가 놓였다.

검은 곤 묵죽.

그리고 일곱 개의 붉은 보석이 박혀 있는 화산매화검(華山梅花劍).

묵죽은 긴 몽둥이인 만큼 끝 부분이 뭉툭하다.

화산매화검은 화산파 전체를 통틀어 단 일곱 자루뿐인 절세명검이니만큼 예기가 범상치 않았다.

좋은 무구에는 영성이 깃든다던가?

지이이이잉…… ㅊㅊㅊㅊㅊㅊ……

그 둘은 스스로 기를 내뿜으며 서로를 견제하고 있었다.

추이의 눈에는 그렇게 보였다.

무겁고 단단하지만 날을 세울 수 없는 곤.

날카롭고 예리하지만 자루가 없는 검.

이 둘은 한때 천하일절 고수들의 손에 쥐여 강호를 호령하던 무기들이다.

"곤 끝에 검날을 붙이면 창이 되겠군."

추이는 고개를 끄덕였다.

오자운이 마지막으로 했던 말이 기억에 남는다.

'자네는 역시 곤보다는 창이 어울려!'

잘 봤다.

추이가 회귀하기 직전, 세상은 그를 창귀(槍鬼)라고 불렀다.

추이는 검날을 들어 올려 곤에 가져다 대 보았다.

따앙……

쇠붙이와 쇠붙이가 맞닿으며 소리를 낸다.

맑지 않은 소리.

어딘가 귀를 불편하게 만드는 소음이었다.

'묘하게 서로 밀어내는 것 같군.'

추이는 미간을 찡그렸다.

묵죽과 매화검은 서로 맞지 않았다.

둘 다 천하의 기병이건만, 전혀 뒤섞이지 않은 채 서로를 밀어낸다.

하다못해 서로 다른 농기구를 하나로 접붙이는 것도 힘든 일이거늘, 이처럼 뛰어난 병기들을 자연스럽게 이어 붙인다는 것은 사실상 불가능한 일이었다.

'어설프게 이어 붙였다가는 둘 다 못 쓰게 된다.'

아무 대장간이나 들어가 불에 쇠를 녹인 뒤 이어 붙여 땅땅 두드린다면 오히려 두 병기 모두를 망치게 될 수도 있었다.

'……안휘의 노야(老冶)를 찾아가야 하나.'

과거, 추이는 흑도방에 쳐들어가기 전 한 늙은 대장장이에게 무구를 주문한 적이 있다.

그때 꽤 괜찮은 흑창 하나를 얻었었지만 곤귀 구강룡과의 싸움에서 잃어버리고 대신 묵죽을 얻었었다.

'그러면 능히 이 무기들을 접붙일 수 있을 것이다.'

추이는 노야가 만들었던 흑창과 송곳, 망치, 마름쇠들의 완성도를 떠올리며 고개를 끄덕였다.

다만, 두 가지 문제가 있었다.

우선 대장간이 있는 안휘는 아주 먼 곳이었다.

왔던 곳으로 되돌아가야 하니 시간이 오래 걸릴 수밖에 없다.

그리고 그 시간을 들여 갔다고 해도, 노야가 여전히 그 자리에 있을지는 미지수였다.

흑도방이 사라지고 원한이 해소된 이상 그가 굳이 그 자리를 지키고 있을 이유가 없기 때문이다.

아니, 어쩌면 더 이상 이승에 미련이 없다며 더 먼 곳으로 떠나 버렸을 수도 있는 일.

'이 무기들을 개조할 다른 이를 찾아봐야 하나, 아니면 그쪽으로 가야 하나.'

추이는 곰곰이 생각했다.

굳이 안휘까지 가지 않더라도 무기를 개조할 수 있는 다른 길이 있을지를 말이다.

전생의 기억 속, 안휘의 노야를 비롯해 자주 찾아갔던 몇몇 대장장이가 있지만 다들 먼 곳에 있거나 현시점에서는 어디에 있을지 모른다.

'그렇다면……'

추이가 막 결정을 내리려는 순간.

"꺄ー아아아아아악!"

산기슭 저 아래에서 비명 소리가 들려왔다.

"?"

추이는 고개를 들었다.

바위 아래, 굴곡진 이끼밭 너머로 한 사람이 보인다.

눈 아래의 얼굴을 가리고 있는 면사, 바람에 휘날리는 긴 머리카락, 펑퍼짐한 경장 너머로도 드러나는 몸의 굴곡.

이름 모를 여인 한 명이 경장 자락을 나풀거리며 달리고 있었다.

그리고 그 뒤를 털복숭이 사내 세 명이 뒤쫓는다.

"크하하하하! 여기서 우리를 피해 달아나겠다고?"

"앙큼하구나! 잡아서 귀여워해 주마!"

"자꾸 도망가면 다리 한 짝을 잘라 놓을 게야!"

세 사내는 손에 칼을 든 채 여인의 뒤를 쫓는다.

그들은 타인의 손가락과 귀, 이빨로 만들어진 목걸이를 주렁주렁 차고 얼굴에는 피와 재로 기괴한 무늬를 그려 놓았다.

아마 산중을 지나가는 행상인들을 죽이고 재물을 빼앗는 산적 도당이리라.

"흐윽!"

여인은 달려가다가 나무뿌리에 걸려 넘어졌다.

산적 셋이 낄낄 웃으며 그녀에게로 다가갔다.

"운이 좋구나, 계집아."

"일행은 다 뒈졌지만 너는 오래 살 테니까 말이야."

"그것 말고도 또 있지. 너는 이제부터 서방이 셋이니까."

여인은 덜덜 떨며 고개를 들었다.

복면 위로 드러나 있는 큰 눈에는 눈물이 가득 고여 있었다.

그때.

"이봐."

추이가 그들 사이에 끼어들었다.

귀찮다는 표정, 대충 휘젓는 손사래.

추이는 세 산적을 향해 말했다.

"그냥 보내 줄 테니까, 가라."

"……."

세 산적은 추이를 물끄러미 바라보았다.

이윽고, 그중 대장으로 보이는 사내가 입을 열었다.

"예. 그렇게 합죠."

고개를 꾸벅 숙여 보이고는 그냥 돌아서는 산적.

다른 두 명이 그를 따라가며 묻는다.

"아니 형님, 왜 그냥 가우? 우리 색시 될 계집을 그냥 두고?"

"저 꼬맹이가 뭐라도 되나?"

그러자 대장이 코를 감싸 쥐며 말했다.

"피 냄새가 진동을 한다 이놈들아. 모르겠냐? 딱 맡아도 사람 백정 냄새여."

"그건 우리도 그렇지 않남?"

"우리 같은 보여 주기식이 아니라 진짜배기여. 얽혔다간 무조건 줄초상이다."

"이잉…… 그랬구먼. 역시 형님이 사람 냄새는 잘 맡어."

그들은 황급히 발걸음을 옮겼다.

하지만.

"어!?"

그들은 사람 냄새는 잘 맡았으나 사람 볼 줄은 몰랐다.

푸슉- 푸슉- 푸슉-

자신들의 목에서 핏물이 뿜어져 나오는 것을 보며, 그들은 앞으로 고꾸라졌다.

어느새 그들의 뒤에 서 있던 추이가 송곳에 묻은 핏물을 털어 냈다.

아까 그냥 보내 주겠다고만 했으니 거짓말은 아니다.

다만 보내 주는 곳이 황천이라서 문제가 될 뿐.

추이는 산적들의 목에 걸려 있는 손가락 목걸이를 벗겨 냈다.

지금껏 얼마나 많은 과객들의 그들의 손에 유명을 달리했을까.

추이는 세 산적의 몸에서 창귀를 뽑아낸 뒤 삼켜 버렸다.

한때 화전민이었던, 그러나 피맛을 본 뒤 인간 백정이 되었던 산적 세 마리.

그들은 추이의 단전 속에 갇혀 피눈물을 흘리는 신세가 되었다.

이제는 영원토록 성불하지 못하고 죽어서도 고통받게 될 것이다.

그때.

"구해 주셔서 감사합니다."

뒤에서 여인의 목소리가 들려왔다.

추이가 고개를 돌린 곳에는 아까 나무뿌리에 걸려 넘어졌던 여인이 보인다.

그녀는 예를 갖추어 인사를 올린 뒤 정중한 어조로 입을 열었다.

"저는 이틀 전부터 이 고개를 넘어가려 하였으나, 고개 너머에 범이 출몰한다는 소문 때문에 무서워 가지 못하고 있었습니다. 마침 길목을 지나는 행상인 무리를 만나 함께 넘으려 하였는데…… 그러다가 저 산적들을 만나 변을 당할 뻔했습니다."

그녀는 작은 얼굴과 큰 눈을 가지고 있었다.

비록 면사로 눈 아래를 죄다 가리고 있었지만 얼굴형 자체가 상당한 미형이다.

더군다나 눈 화장을 짙게 해서 그런가 상당히 아름다운 외모를 가지고 있을 것으로 짐작되기도 했다.

그러나 그런 요소들은 추이에게 별로 와닿지 않는 것이었다.

"가라."

추이는 여인에게서 시선을 뗐다.

그러고는 산기슭 아래로 내려가려 했다.

그때, 여인이 추이를 붙잡았다.

"잠시만요."

"?"

추이가 고개를 돌리자 여인이 말을 이었다.

"목숨을 구해 주신 은혜에 조금이라도 보답하고 싶습니다."

"필요 없어."

"필요한 것을 드리겠습니다."

"?"

추이가 한쪽 눈썹을 까닥 움직였다.

그러자 여인은 반짝이는 눈빛으로 말했다.

"보아하니 아까 산적들을 쓰러트릴 때 쓰셨던 송곳이 많이 낡아 있는 듯 보였습니다."

"……."

추이는 손에 쥔 송곳을 바라보았다.

확실히 끝이 많이 무뎌졌다.

그뿐만이 아니다.

망치 역시도 머리가 떨어져 나가기 직전이었고 마름쇠는 거의 다 써 버렸다.

애초에 묵죽과 매화검을 이어 붙여야 하는 만큼 대장간을 들르는 것이 필수적이었다.

여인은 때마침 추이에게 말했다.

"혹시 들고 계신 무기를 보여 주실 수 있는지요?"

"……"

추이는 등에 짊어지고 있던 곤과 칼날을 꺼내 들었다.

그것을 본 여인이 작게 감탄했다.

"명장의 솜씨입니다. 한데 두 병기를 만든 명장이 서로 다르군요. 두 명장의 작품을 하나로 만드시려는 건가요?"

"잘 아는군."

"제 부모님께서 대장간을 하셨습니다. 그래서 저도 야금(冶金)에 약간의 조예가 있지요."

그녀는 단지 보는 것만으로도 추이의 고민을 눈치챘다.

"사람도 서로 다른 둘에게 한 몸이 되라고 하면 싫듯이, 서로 다른 성질의 쇠붙이를 하나로 접붙이는 것 역시도 쉬운 일이 아닙니다. 더욱이 자기주장이 강한 병기일수록 더 그렇지요."

"……"

추이는 미미하게나마 고개를 끄덕였다.

여인은 말했다.

"제가 그것들을 조금 더 가까이서 봐도 되겠습니까?"

"그래라."

추이는 묵죽과 매화검을 앞으로 뻗었다.

여인은 조심스러운 자세로 다가와 그것들을 살폈다.

"서로 다른 명장의 손에서 태어나, 서로 다른 주인을 모시며 살아온 병기들이군요. 이 무구의 주인들은 아마 각자의 길에서 대성했던 고수들임에 틀림없습니다."

안목이 제법 정확하다.

추이는 생각했다.

묵죽의 주인은 곤귀 구강룡.

그는 한때 무림쌍귀의 일인으로 활동하며 수많은 악명을 떨쳤던 고수 중의 고수였다.

매화검의 주인은 사망매화 오자운.

화산파 제일의 후기지수였다가 누명을 쓰고 무림공적이 된 이후 마교의 좌신장차사가 되는 걸물이다.

각자 사도의 호걸과 정도의 영웅이었던 그 둘이 일평생을 쓰던 무기가 바로 묵죽과 매화검이다.

이어 붙이려고 한들 서로 잘 맞을 리가 만무한 것이다.

여인은 계속해서 말했다.

"무릇 서로 다른 병장기를 이어 붙이려면 한쪽이 어느 한쪽보다 기가 세야 합니다. 하지만 이 둘의 기는 서로 팽팽하여 조금도 눌리지 않고 있으니, 이것을 찍어 눌러 하나로 융합시키려면 대단한 솜씨를 지닌 장인이 필요합니다. 아마 어지간한 대장장이들은 엄두조차 내지 못할 테지요."

"본론이 뭐냐?"

추이가 물었다.

여인이 대답했다.

"제 목숨을 살려 주셨으니 보답을 하겠습니다."

면사 위로 보이는 그녀의 두 눈이 곧고 맑은 빛을 뿜어내고 있었다.

"저를 따라오신다면 이 두 무기를 하나로 만들어 드리지요."

산 아래 흐르고 있는 강.

검은 자갈들이 깔려 있는 강기슭에 차고 투명한 물결이 일렁인다.

길 가는 사람을 건네주고 삯을 받는 사공이 있어 강기슭에 배를 대어 놓았다.

산에서 내려온 추이와 여인이 배에 올랐다.

출렁―

유독 맑아서 강바닥이 훤히 들여다보이는 물 위로 사공이 배를 띄웠다.

여인과 추이는 각자 배의 양 끝에 앉았다.

과묵한 사공은 배 중간에 서서 노를 젓는다.

한동안 적막이 이어졌다.

먼저 입을 연 쪽은 여인이었다.

"제 부모님은 천하제일의 대장장이셨지요. 두 분 다 말입니다."

"······."

"하지만 지금은 두 분 모두 돌아가셨습니다. 부모님의 재주를 시기한 위정자(爲政者)의 폭거 때문이었지요."

"······."

"하나뿐인 오라비도 복수를 위해 길을 나섰다가 죽고 말았습니다."

"······."

"오직 저 혼자만 살아남아 구차한 목숨을 연명하고 있습니다. 제가 죽으면 가문의 대가 끊어지고 부모님의 기술마저 영영 유실될 테니까요."

"······."

그녀의 목소리에서는 짙은 슬픔이 배어나고 있었다.

사공은 여전히 묵묵히 노를 저을 뿐이다.

그리고 추이 역시도 말이 없었다.

"······."

한동안 침묵을 지키던 추이가 나지막한 목소리로 입을 열었다.

"그래서."

여인이 의아한 듯한 눈빛을 보내자 추이의 말이 짧게 이어졌다.

"본론은 언제 꺼내나?"

"······?"

추이의 말에 여인은 영문을 모르겠다는 듯 고개를 갸웃한다.

그러자 추이는 한 번 더 첨언했다.

"일부러 산적에게 쫓기고, 그럴듯한 사연과 구실로 사람을 꾀고, 강가에 사공까지 미리 대기시켜 놓으면서까지 하고 싶은 말이 뭐냔 말이야."

"……."

그 말에 여인의 눈빛이 변했다.

…풍덩!

노를 젓던 사공이 갑자기 물속으로 뛰어들었다.

이제 배 위에는 추이와 여인, 둘만이 남게 되었다.

이윽고, 여인의 눈매가 면사 위로 부드럽게 휘어진다.

"어떻게 알았지?"

면사의 끈이 풀어졌다.

해백정.

여인의 본색(本色)이 드러나는 순간이었다.

바다처럼 넓은 강.

투명하게 출렁이는 물결 아래로 열 길이나 되는 깊은 강바닥이 들여다보인다.

하지만 불과 한 길밖에 되지 않는 사람의 속은 전혀 들여다볼 수 없다.

"......"

여인에게는 추이가 바로 그랬다.

도무지 무슨 생각을 하는지 알 수 없는 표정.

흘러가는 물결을 보며 그저 무심하게 앉아만 있으니 더더욱 그렇다.

결국 여인이 먼저 면포를 벗었다.

펄럭—

크고 아름다운 눈 아래로 칼자국 흉터가 드러났다.

그것은 그녀의 콧잔등 위에 가로로 길게 뻗어 나가 있었다.

길게 늘어진 가짜 머리카락을 떼어 내니 원래의 짧은 머리카락이 바람에 흩날렸다.

해백정. 장강수로채의 열두 천두들 중 하나가 추이를 바라보고 있었다.

"어떻게 알았지?"

해백정이 착 가라앉은 목소리로 물었다.

추이는 여전히 물결을 바라보고 있었다.

이윽고, 그의 입이 열렸다.

"비린내."

"뭐? 그럴 리가? 새 옷에 향유를 발랐는데?"

"네 혼백까지 눌어붙은 피비린내가 진동을 하는데 어찌 모르겠나."

"……?"

해백정은 의아한 표정을 지었다.

하지만 추이에게는 당연한 일이었다.

해백정이 처음 나타났을 때부터 피 냄새를 맡은 창귀들이 경중경중 날뛰며 춤을 추어 댔으니 모르려야 모를 수가 없는 것이다.

아무튼, 이 사실을 알 리 없는 해백정이 어깨를 으쓱했다.

"업보 뭐 그런 걸 말하는 건가? 땡중 말코 같은 소리를 하네."

그녀는 치마폭 속에 숨겨 놓았던 손도끼를 들어 올렸다.

"얼굴 하관을 가린 미모를 믿으면 안 되지."

"별 차이 없는 것 같은데."

"……그래?"

해백정이 약간 당황하는가 싶더니 이내 손도끼를 고쳐 쥐었다.

"아부해도 소용없어. 아무튼. 그 사망매화 놈이 없어졌으니 이제 일을 보기가 수월해졌다."

그녀는 도끼를 들어 추이를 겨누었다.

그러고는 단호한 목소리로 말을 이었다.

"내 부하를 죽인 대가를 치러야겠어."

"해 봐라."

추이가 그제야 느릿느릿 몸을 일으켰다.

이윽고, 두 고수의 대치가 시작되었다.

츠츠츠츠츠츠츠……

기세를 끌어올리던 해백정은 순간 코끝을 스쳐 가는 혈향에 흠칫했다.

추이의 몸에서 검붉은 수증기가 피어오른다.

짙은 혈향은 분명 거기서부터 퍼져 나오고 있었다.

문득, 방금 전 추이가 했던 말이 떠오른다.

'네 혼백까지 눌어붙은 피비린내가 진동을 하는데 어찌 모르겠나.'

해백정의 이마에 땀 한 방울이 맺혀 차갑게 식어 가고 있었다.

이윽고, 칼날을 허리에 차고 곤을 움켜쥔 추이에게서 산과 같은 기세가 뿜어져 나오기 시작했다.

'저놈은 위험하다.'

해백정은 생각했다.

패도회에서 보았던 오자운이나 도막생은 강하기는 했으되 별로 위험해 보이지 않았다.

하지만 눈앞에 있는 소년은 다르다.

강하고 또한 위험하다.

인간 내면에 도사리고 있는 폭력성이라는 것을 사람 모양으로 꽉꽉 응축해 놓은 형상을 보는 듯한 느낌.

'천살성(天殺星)이라도 타고났나? 무슨 놈의 살기가······.'

해백정은 속으로 혀를 내둘렀다.

지금껏 살면서 저렇게 짙은 살기를 내뿜는 사람은 본 적이
없었다.

'아니, 한 명 있었다. 셋째 사형이 그랬지.'

별로 생각하기 싫은 인물의 얼굴을 떠올린 해백정의 표정
이 확 구겨졌다.

"살기만 내뿜는다고 사람이 죽겠냐!?"

그녀는 고함과 함께 손도끼를 휘둘렀다.

추이 역시도 곤을 뻗어 해백정의 공격을 맞받아쳤다.

까—앙!

쇠몽둥이와 쇠도끼가 부딪치며 묵직한 충격파가 터져 나
왔다.

배가 요동치며 주변으로 원형의 파장 수십 개가 겹겹이 물
결치기 시작했다.

···따앙! 깡! 떠—걱!

사방팔방으로 불똥이 튄다.

추이와 해백정은 눈 깜짝할 사이에 십수 합을 겨루었다.

빠직! 빠직! 빠직! 빠직!

그럴 때마다 배를 구성하고 있는 널빤지들이 비명을 질러
대고 있었다.

…탁!

추이가 뒤로 물러서며 뱃머리를 밟았다.

그리고 몸을 빙글 돌리며 곤 끝에 원심력을 실었다.

육각으로 네모진 묵죽의 끝이 해백정의 머리통을 향해 쇄
도했다.

바로 그 순간.

"흥!"

해백정이 오른쪽 뱃전을 세게 밟았다.

…쿵! 출-렁!

배가 별안간 오른쪽으로 크게 기울며 바닥의 축이 뒤흔들
렸다.

뱃머리를 밟고 회전하던 추이의 몸이 오른쪽으로 쏠리며
균형이 허물어진다.

그 틈을 타서, 해백정의 도끼가 텅 비어 버린 왼쪽으로 날
아들었다.

"……."

추이는 곤을 비틀었다.

묵죽의 반대쪽 끝이 위로 올라가 해백정의 도끼날에 부딪
쳤다.

따앙- 빠각!

추이의 곤에 맞아 궤도가 틀어진 도끼날이 추이의 어깨 위
로 떨어져 내렸다.

다행스럽게도 도끼날이 곤 끝을 스치며 옆으로 비틀어져 있었기에 추이의 어깨를 때린 것은 도끼날의 뒷면이었다.

하지만 그럼에도 불구하고 묵직한 쇳덩이에 맞은 것인지라 고통이 상당하다.

추이의 왼팔이 밑으로 추욱 늘어져 버렸다.

해백정이 씩 웃었다.

"아깝다. 사망매화 아저씨처럼 외팔로 만들어 버릴 수 있었는데."

"……."

"그래도 최소한 뼈가 빠졌을걸?"

하지만 추이는 여전히 아무런 표정도 짓지 않았다.

그저.

…으득!

빠진 팔뼈를 반대쪽 손으로 다시 끼워 맞출 뿐이었다.

그 모습을 본 해백정은 약간의 오싹함을 느꼈다.

'보면 볼수록 셋째 사형 같네.'

그녀는 가슴속에 차오르는 미증유의 찜찜함을 털어 내기 위해 짐짓 여유를 부렸다.

"……너는 날 절대로 못 이겨. 적어도 물 위에서는."

그 말이 단순한 으름장은 아니었다.

출렁-

해백정이 또다시 배를 흔들었다.

그녀가 오른쪽 발과 왼쪽 발에 힘을 줄 때마다 배가 좌우로 크게 출렁거렸다.

장강에서 오랜 세월을 보낸 수적들은 배 위에서 무게중심을 잡는 데 도가 텄다.

해백정 역시도 이렇게 격렬하게 흔들리는 배 위에서도 평지나 다름없이 활동할 수 있었다.

부웅─

또다시 도끼날이 날아들었다.

추이는 곤을 들어 도끼를 막았다.

그리고 그것을 뒤로 밀어내려 했으나.

"안 된다니까?"

해백정은 생글생글 웃는 낯으로 뱃전을 밟았다.

배가 거의 뒤집힐 듯이 오른쪽으로 기울어졌다.

그 때문에 추이는 또다시 곤을 이상한 궤도로 뻗고 말았다.

쒜에엑─

해백정의 도끼날이 무시무시한 속도로 날아든다.

그녀는 도끼 자루 끝에 붙은 고리에 손목을 끼우고 그것을 빙글빙글 돌린 뒤 원심력을 실어 내리찍고 있었기에 훨씬 더 빠르고 강했다.

까─앙!

추이는 곤을 회수했지만 조금 늦었다.

…핏!

도끼날이 핥고 지나간 뺨에 얇은 상처가 나며 몇 방울인가
의 선혈이 떨어졌다.

퐁당- 퐁-

맑은 물속으로 번져 가는 혈액.

뒤이어지는 해백정의 공세는 더더욱 매서워지고 있었다.

깡! 까-앙! 까가가가각!

도끼날은 점점 추이를 배 끝으로 몰아세운다.

추이는 곤을 휘둘러 도끼날을 막거나 흘려보내고 있었지
만 이래서는 그냥 멍청하게 서 있는 과녁에 불과할 따름이
었다.

바로 그때.

"……확실히, 물 위에서는 힘들겠군."

추이가 입을 열었다.

해백정이 피식 웃으며 도끼를 휘둘렀다.

"그걸 이제 알았어?"

깨달았다고 해서 바뀌는 것은 없다.

여기는 이미 강 한복판이고 다른 배는 없었으니까.

하지만 추이는 여전히 태연했다.

"그럼 물 위 말고."

"……?"

"물속에서 싸워 보자고."

"......!"

동시에, 추이가 곤을 휘둘렀다.

그것은 해백정을 향한 것이 아니었다.

쩌-억!

추이의 곤이 배의 바닥을 뚫고 꽂혔다.

쑤욱- 푸슈슈슈슈슈슉!

곤이 뽑혀 나온 곳에서 물줄기가 솟구쳐 오르기 시작했
다.

"미친!?"

해백정이 입을 반쯤 벌렸다.

배가 맹렬한 속도로 가라앉기 시작했다.

해백정이 배를 좌우로 흔들어 물을 퍼냈지만 소용없었다.

"들어와라."

추이는 서서히 잠겨 가는 뱃머리에 선 채로 말했다.

그런데.

"...... ...."

해백정의 태도가 조금 이상하다.

그녀는 마치 물에 빠지는 것을 두려워하는 듯한 표정이었
다.

추이가 물었다.

"물에 빠지는 것이 무섭나, 수적 주제에?"

"개소리! 무섭긴 누가!"

해백정이 버럭 소리 지르는 동안에도 추이는 점점 물속으로 가라앉고 있었다.

이윽고, 배가 거의 일자로 서다시피 했다.

추이는 물속에 가라앉은 채로 곤을 뻗었다.

촤아아아악!

물결 때문에 일그러져 보이는 곤이 해백정을 향해 쇄도해 들었다.

바로 그 순간.

…팟! 우지끈!

추이의 곤이 반대쪽 뱃머리를 부숴 버리는 것과 동시에, 해백정이 뱃머리를 박차고 허공으로 뛰어올랐다.

그녀가 뛰어오른 반동으로 인해 배는 완전히 물에 잠겨 버렸다.

"……!"

추이는 눈을 조금 크게 떴다.

해백정이 뛰어오른 방향 저 멀리 무언가가 보인다.

펄럭-

돼지 문양의 깃발을 휘날리고 있는 배 한 척이 이쪽을 향해 다가오고 있었다.

…팟! …탁! …첨벙! …첨벙! …첨벙!

해백정은 물 위에 솟아올라 있는 바위와 유목 토막을 밟고는 배를 향해 나아갔다.

배 위에는 이미 여러 명의 수적들이 활을 들고 나와 있었다.

해백정이 추이를 돌아보며 소리쳤다.

"안됐구나! 내가 물에 빠지지 않아서!"

"……."

그러는 동안 추이는 천천히 강물 바닥으로 가라앉았다.

숨을 크게 들이마셨으니 당분간은 강바닥에 붙어 있는 것이 가능하다.

곤이 워낙 무거운지라 추이는 위로 떠오르지 않고 강바닥에서 자세를 잡을 수 있었다.

'예전에 패도회에서 써먹었던 수를 다시 한번 써야 하나.'

강바닥에서 곤을 있는 힘껏 휘둘러 파도를 일으키는 수법.

다만 그때와 다른 점은, 이곳의 물이 너무 맑아서 몸을 숨길 수가 없다는 것 정도랄까.

바로 그때.

"……!"

추이의 눈에 이상한 장면이 보였다.

맑은 물 너머로 이변이 벌어진다.

배 위에 선 수적들이 화살을 발사하기 시작했다.

물이 워낙 맑아서 화살이 어디로 쏘아지는지도 또렷하게 보였다.

핑! 피융! 핑!

수적들이 쏘아 대는 화살은 분명 해백정을 향하고 있었다.

"……!?"

해백정은 허공으로 뛰어오르자마자 자신의 귓불 아래를 스치고 지나가는 화살에 깜짝 놀라야 했다.

"뭐, 뭐야!? 오발이냐!?"

안타깝게도 아니었다.

…퍼퍼퍼퍼퍽

그녀가 방금 전에 내디뎠던 나무토막에 화살 십수 대가 틀어박혀 호저처럼 변해 버렸다.

쉬익-

화살 한 대가 그녀의 가슴팍으로 날아들었다.

짜각!

해백정은 도끼를 휘둘러 화살을 쪼개 버렸으나 결국 경공술을 유지하는 데에는 실패했다.

그녀는 날아드는 화살들을 연거푸 쳐냈고 그러느라 배에는 거의 다가가지조차 못했다.

…풍덩!

결국 해백정은 물에 빠지고 말았다.

"허윽!?"

그녀는 기겁을 하며 물을 토해 냈다.

그러고는 배 위에서 낄낄거리는 수적들을 향해 외쳤다.

"이, 이놈들아! 어딜 쏘는 거야! 나다! 천두 해백정이다!"

그러자 배 위의 수적들이 낄낄 웃으며 말했다.

"우리도 눈이 있습죠."

"보면 압니다, 천두 나으리."

"거기 그렇게 허우적대고 계시니 퍽 보기 좋습니다요."

그들은 배 위에 걸린 깃발을 내려 버렸다.

펄럭-

돼지가 그려져 있던 기가 강바람에 떠밀려 저 멀리 사라졌다.

"안 그래도 계집년 밑에 있기가 쪽팔렸는데, 잘됐다."

"이참에 인백정(寅白丁)님 밑으로 들어가서 인정받는다."

"궁수! 사격 개시! 저 암돼지를 잡아 죽여라!"

활시위를 당기는 수적들의 눈에 독기가 잔뜩 올라 있는 것이 보인다.

처음부터 치밀하게 계획된 선상반란(船上叛亂)이었다.

…첨벙!

해백정이 물에 빠졌다.

추이는 그것을 보며 생각했다.

'단합이 잘 안 되나 보군.'

정파에 비해 사파의 조직들은 같은 패거리끼리도 유대감이 그리 깊지 않다.

심지어 저들은 장강에서 노략질을 일삼고 다니는 수적패 아닌가.

저희들끼리 내분이 일어나 칼부림을 벌인다고 해도 조금도 이상하지 않은 일이다.

……하지만.

"저놈은 뭐야? 저놈도 죽여라!"

"저 암퇘지 년과 상관있어 보이는 놈은 다 죽여!"

"화근은 남기지 않는 편이 좋지. 내 활과 화살을 가져와라."

"나머지는 그물을 내려라! 강의 바닥부터 싹 훑을 것이다!"

수적들은 추이에게도 그물과 화살을 날려 보냈다.

아마 이곳에 있는 모든 이들을 죽일 심산 같았다.

어차피 강에서 수적들을 만난 이상 일전은 불가피하다.

추이는 그렇게 판단했다.

"안 되지."

추이는 강바닥으로 내려앉았다.

그곳에는 맨들맨들한 흑자갈들이 두껍게 쌓여 있는 것이 보인다.

…쿵!

추이는 곤을 내리찍어 자갈들을 진동시켰다.

빠가가가가가각! 짜각짜각짜각짜각짜각짜각짜각!

커다란 충격파가 자갈들을 모조리 깨트려 버렸고 그 밑에 가라앉아 있던 미세한 진흙 분진들이 위로 퍼져 나가기 시작했다.

맑았던 물이 순식간에 혼탁해졌다.

…쿵! …쿵! …쿵!

추이는 계속해서 발을 굴러 진흙구름을 일으켰다.

위에서 쏘아져 오던 화살들이 점차 정확성을 잃기 시작했다.

핑—

눈먼 화살 한 대가 추이의 뺨을 스치고 지나갔다.

'내공이 실려 있군.'

배 위에 활깨나 쓰는 고수들이 타고 있는 모양.

아마 장강수로채 내의 계급으로 따지자면 백두 계급쯤 되리라.

'……어쩐지 아까부터 화살이 강바닥까지 퍽퍽 꽂힌다 했다만.'

추이는 화살을 피해 강의 바닥 깊숙한 곳까지 물러섰다.

하지만, 마냥 바닥에 숨어 있을 수만은 없었다.

패도회 때와 달리, 수적들은 물속에 숨은 적을 괴롭히는 방책을 갖고 있었다.

…촤악!

배에서 내려진 그물이 넓게 펼쳐지더니 바닥을 쓸어 오기 시작했다.

왈그락왈그락왈그락왈그락왈그락왈그락왈그락왈그락!

저층끌이 그물망 끝에 달린 갈고리 모양의 납덩이들이 자갈들 사이를 파 긁으며 맹렬한 속도로 쇄도해 온다.

물의 상층, 중층, 하층을 오가던 물고기들이 죄다 그물망에 걸려 온다.

추이 역시도 자신의 몸을 순식간에 쓸어 가는 그물에 걸려 버렸다.

"……."

그물은 아주 질기고 또 억셌다.

나무껍질과 넝쿨, 짐승의 힘줄을 섞어 몇 겹으로 꼬은 뒤 소금을 먹여 놓은 것이라 그런가 단번에 찢어 낼 수가 없었다.

또한 물살까지 세니 더더욱 방법이 없다.

물속에 있다가 이런 그물에 걸리게 되면 그물을 끌어올려 주는 이에게 목숨줄을 내맡겨야 하는 것이다.

만약 그물이 끌어올려지지 않으면 꼼짝없이 물속에서 꽁꽁 옥죄인 채 익사할 수밖에 없는 일이고.

하지만, 추이는 자신의 목숨을 남의 자비에 맡기는 것을 그리 좋아하지 않았다.

…썩뚝!

추이는 허리춤에 매달아 놓았던 매화검을 들어 그물망을 잘라 냈다.

질긴 그물코에 구멍이 나며, 추이가 그곳으로 빠져나왔다.

수적들에게 질질 끌려가는 시간은 그리 길지 않았다.

배는 이동하지 못했을 것이다.

"……."

고개를 들자 저 위로 그물을 끌고 가는 배의 밑바닥이 보인다.

추이는 배의 뒤쪽을 향해 곤을 크게 휘둘렀다.

부아앙!

거대한 물살이 일며 무수한 양의 자갈과 진흙을 끌어 올린다.

꿀—렁!

그것은 거대한 용처럼 꿈틀거리는가 싶더니 이내 수면 위를 향해 용솟음치기 시작했다.

콰콰콰콰쾅!

굉음과 함께 시커먼 파랑이 일어났다.

크기도 크기였지만 몸 안쪽에 엄청난 무게의 자갈과 진흙들을 품고 있는 파도였다.

당연하게도, 수면 위에 있던 수적들은 난리가 났다.

"뭐, 뭐야 저게!?"

"파도가 몰려온다! 전향타를 돌려!"

"키잡이! 키잡이 어디 갔어 이 새끼!?"

"으아아아아! 온다! 온다! 온다! 온다! 온다!"

뒤에서 덮쳐 오는 파도를 본 배가 황급히 뱃머리를 좌현 쪽으로 돌린다.

좌아아아아악!

배가 몸체를 대각선으로 기울이자 파도에 닿는 충격이 많이 줄어들었다.

우당탕탕탕! 뿌득! 뿌드득!

수적 몇몇이 갑판 뒤를 뒹굴어 다니다가 돛대나 난간에 부딪쳐 목이 부러져 즉사했다.

하지만. 파도를 견뎌 냈다고 해도 그 안에서 빗발치는 자갈과 진흙 세례는 피할 수 없었다.

철썩- 빠지지지지직!

배를 구성하고 있는 널빤지들이 끔찍한 비명을 내지르며 부서진다.

배 위의 수적들이 이를 악물고 외쳤다.

"놈이 바닥에 있다!"

"괴물이야! 해일을 일으키고 있잖아!"

"그물! 그물을 가져와! 죄다 싹 갖고 오라고!"

"활은 필요 없다! 그물을 던져라!"

온통 진흙뻘이 된 물속은 아무것도 보이지 않는다.

따라서 수적들은 더 이상 활을 쏠 수가 없었다.

좌악- 좌악- 좌아아악-

이윽고, 몇 겹이나 되는 그물들이 연달아 던져졌다.

그것도 모자라 수적들은 이미 쳐 뒀던 그물, 그리고 버렸던 폐그물들이 있는 곳으로 배를 몰아가고 있었다.

'……흠.'

추이 역시도 이 사실을 금방 눈치챘다.

파도가 한번 일렁거릴 때마다 물속을 떠도는 폐그물들이 검은 유령처럼 엉겨붙어 왔기 때문이다.

썩둑- 써걱!

추이는 매화검의 날을 휘둘러 몇 겹으로 휘감겨 드는 그물들을 베어 냈다.

만약 매화검과 같이 날카롭고 예리한 날붙이가 없었다면 송곳과 망치, 곤으로 그물을 베어 내기란 쉽지 않았을 것이다.

추이는 잔도를 건너간 오자운에게 감사하며 짧게 중얼거렸다.

'받았으니 돌려주마.'

추이는 곤을 옆으로 뉘이고는 횡으로 한 번 크게 휘저었다.

쿠르르르르르르륵!

파도가 휘몰아치며 소용돌이의 형상을 만든다.

쿠-오오오오오오오!

수면 위로 불룩 솟아오른 물덩이가 소용돌이 모양으로 꾸깃꾸깃 비틀리는가 싶더니 이내 거대한 소용돌이 모양의 물기둥을 만들어 냈다.

"저, 저게 뭐냐?"

배 위의 수적들은 타륜을 돌릴 생각조차 하지 못한 채 입을 벌렸다.

아까의 큰 파도는 조타 실력으로 넘길 수 있는 것이었지만, 저것은 도무지 어찌할 도리가 없었다.

장강의 닳고 닳은 수적들조차도 처음 보는 자연재해였기 때문이다.

이윽고.

빠—지지지지직!

추이가 만들어 낸 수류가 배의 옆구리를 강타했다.

널빤지들이 물에 젖은 종잇장처럼 찢어졌다.

안에 든 수적들이 홍수를 만난 개미 떼처럼 휩쓸려 가기 시작했다.

물론 그것이 다가 아니다.

진흙, 나무토막, 자갈, 암초 파편, 밧줄, 찢어진 그물 조각, 납으로 된 그물추, 물고기 등등이 물살에 섞여 엄청난 속도로 날아들었다.

퍼퍼퍼퍼퍼퍽!

그것들은 배를 붙잡고 버티고 있던 수적들의 몸에 일제히 때려 박혔다.

어떤 수적은 엄청난 속도로 날아드는 진흙덩이에 얼굴을

맞아 눈알 두 개가 터져 버렸고 코뼈와 앞니가 부러졌다.

어떤 수적은 자갈들이 몸통을 뚫고 지나갔다.

어떤 수적은 그물코에 휘감긴 손가락이 모두 뜯겨 나갔다.

어떤 수적은 날아든 물고기가 얼굴에 박혀 즉사해 버렸다.

죽어 나간다.

모조리 죽어 나간다.

백두 계급이고 십두 계급이고 아무런 의미가 없었다.

"으아아아아! 저런 거랑 어떻게 싸워!?"

수적 하나가 공포에 질려 배를 버렸다.

그는 갑판을 박차고 뛰어올라 물속으로 자맥질해 들었으나.

"……!"

참으로 운 나쁘게도, 그곳에는 추이가 있었다.

"?"

추이는 자신을 향해 맹렬히 헤엄쳐 오는 수적을 향해 송곳을 뻗었다.

…뿍!

가죽에 구멍이 나는 소리와 함께 핏물이 뿜어져 나온다.

"으아아아아!"

곳곳에서 수적들의 비명 소리가 들려온다.

다들 배를 버리고 물속으로 자맥질하는 모양이다.

추이는 알아서 물속으로 뛰어드는 수적들을 하나하나 송곳으로 찔러 죽였다.

그물과 화살에 대한 답례였다.

"끽!"

"커흑!"

부글부글부글…….

물속으로 들어갔던 수적들의 시체가 하나둘씩 수면 위로 떠오른다.

추이의 송곳에 의해 죽은 이들보다는 수류에 떠밀려 날아오는 부유물에 맞아 죽거나 폐그물에 휘감겨 익사한 이들이 대부분이었다.

"……."

추이는 고개를 좌우로 돌렸다.

그토록 맑던 물이 진흙과 피로 인해 검붉어졌다.

시야가 완전히 가려졌으니 기감(氣感)에 의존할 수밖에 없었다.

'없나.'

딱히 살아 있는 것의 기척은 느껴지지 않는다.

창귀들까지 풀어 주변을 훑었으나 목숨을 건진 수적들은 하나도 남아 있지 않았다.

푹—

추이는 비교적 얕은 강바닥을 찾아 그곳에 곤을 세로로 꽂았다.

그리고 그 위에 발을 딛고 서서 다리와 허리를 곧게 폈다.

촤악—

추이는 수면 위로 머리를 내밀었다.

"후우—"

일렁거리는 모든 것들이 온통 시커멓고 시뻘겋다.

물비린내와 흙비린내, 그리고 피비린내가 진동하고 있었다.

추이는 저 멀리 천천히 가라앉아 가는 배에게서 시선을 떼고 뭍을 바라보았다.

"추가 병력이 없다고?"

이상한 일이다.

강 위에서 꽤나 요란하게 날뛰었는데 지원하러 오는 수적들이 보이지 않는다.

모름지기 도적들이라 함은 서캐와도 같아서 하나를 죽이면 열이 오고, 열을 죽이면 백이 오는 법이거늘.

"묘하군."

추이는 어깨를 으쓱했다.

그리고 곤을 수거하여 강바닥으로 내려가 뭍으로 걸어 올라왔다.

퍼—엉!

내력을 주입하여 옷을 털자 물기가 금방 사라진다.

마르는 것이 아니라 충격파에 의해 털려 나가는 것에 가까
웠다.

하지만 추이는 옷을 말린 뒤에도 한동안 제자리에 그대로
서 있었다.

혹시나 수적들이 추가로 더 올 수도 있었기 때문이다.

"……."

하지만 시간이 지나도 딱히 인기척은 느껴지지 않았다.

추이는 검붉은 강물에서 검은 것들이 다 가라앉고 붉은 것
들이 다 쓸려 갈 때까지 기다렸으나 아무 일도 벌어지지 않
았다.

"별일일세."

추이는 곤과 매화검날이 잘 있나 확인해 본 뒤 마지막으로
송곳과 망치, 잠사 뭉치까지 모두 있는 것을 확인하고는 발
걸음을 옮겼다.

그물을 빠져나오는 과정에서 독 항아리와 얼마 남지 않은
마름쇠들을 유실한 것이 못내 아쉬웠지만 그것은 어쩔 수 없
는 일이었다.

이윽고, 추이는 강의 하류로 걸어갔다.

몇 개의 봉우리를 넘자 또다시 검은 자갈들이 깔린 물줄기
가 보인다.

"……!"

그곳에는 재미있는 광경이 펼쳐져 있었다.

"허억…… 허억…… 허억……."

해백정.

그녀는 하류까지 떠내려오며 천신만고를 겪은 끝에 겨우 뭍으로 올라온 것처럼 보인다.

물에 흠딱 젖은 채 지친 표정으로 숨을 헐떡이고 있는 해백정의 주위에는 수십 명의 수적들이 벌 떼처럼 몰려들어 있었다.

몇몇 수적들이 벌써부터 바닥에 드러누워 있는 것이 보였다.

하나같이들 머리가 두 조각으로 쪼개져 있는 것을 보면 아마도 해백정의 도끼날이 만들어 낸 작품일 것이리라.

"왜 없나 했더니, 다들 저기 모여 있었군."

추이가 예상했었던 나머지 병력은 다 저기로 몰려가 있었다.

아마 저들은 애초부터 해백정을 치기 위해 온 수적들인 듯했다.

제 부하들에게 포위당해 죽기 직전에 놓여 있는 해백정.

물론 당연하게도, 추이에게 그녀를 도와야 할 이유는 없다.

…….

몰려들어 있던 수적들 중 하나의 입에서 익숙한 이름이 들려오기 직전까지는 그랬다.

맑은 물속으로 가라앉으며 보이는 풍경.

수면 위로 비치는 햇살이 몇 겹으로 일그러진다.

그녀는 지금 눈을 뜬 채로 꿈을 꾸고 있었다.

'엄마!'

그녀는 입을 열지 않고 소리 질렀다.

하지만 엄마는 그저 슬픈 눈으로 웃을 뿐이다.

부글부글 끓는 쇳물이 엄마를 삼킨다.

엄마는 아무런 소리도 내지 않고 천천히 물속으로 흩어져 갔다.

소금으로 만들어진 인형처럼, 그렇게 물에 녹아 버렸다.

'엄마! 엄마! 엄마!'

그녀는 울었다.

하지만 엄마는 대답하지 않았다.

아빠가 아무런 표정도 없는 얼굴로 그런 그녀를 내려다보고 있었다.

손에 풀무와 망치를 든 채로.

"……커억!"

해백정은 물을 토해 냈다.

강물에 빠지는 순간부터 그녀는 필사적으로 팔다리를 휘저었다.

화살에 맞고, 암초에 부딪치고, 강바닥의 자갈에 쓸려 가며, 해백정은 하류까지 떠내려왔다.

그러다가 뾰족한 나뭇가지에 옆구리를 찔리는 순간, 그녀는 자신의 몸을 찌른 그 나뭇가지를 구원의 손길처럼 잡고 뭍으로 기어 나올 수 있었던 것이다.

왈그락!

해백정은 자갈밭 위에 엎드렸다.

그리고 오래전의 기억을 떠올리며 작게 흐느꼈다.

"엄마…… 아빠……."

바로 그때.

왈그락- 왈그락- 왈그락-

저 앞에서 자갈 밟는 소리들이 요란하게 들려오기 시작했다.

"……!?"

해백정은 퍼뜩 정신을 차렸다.

그녀는 황급히 고개를 들어 정면을 바라보았다.

그곳에는 낯익은 얼굴의 수적들이 보였다.

"두목님!"

백두 계급의 수적 하나가 부리나케 해백정의 앞으로 달려왔다.

그는 해백정의 가장 오래된 부하였다.

"……!"

해백정은 황급히 몸을 일으켰지만 이미 수중에 무기라고는 하나도 없었다.

별수 없이, 그녀는 큼지막한 돌 하나를 집어 들었다.

"뭐야…… 너희들…… 배신이냐?"

"아닙니다 두목님! 저희는 두목님을 구하기 위해 왔습니다!"

수적들은 다급한 표정으로 고개를 저었다.

해백정은 그들의 면면을 빠르게 훑었다.

백두 계급이 여섯.

나머지는 모두 십두 계급이다.

해백정이 물었다.

"어떻게 된 거냐? 상류에 나를 치러 온 놈들이 있었다."

"그놈들은 배신자들입니다. 저희 해채(亥寨)를 배신하고 인채(寅寨)에 가 붙은 놈들입니다."

"인(寅)? 인 사형에게?"

해백정은 멍한 표정으로 중얼거렸다.

장강수로십이채의 채주에게는 열두 제자가 있다.

자, 축, 인, 묘, 진, 사, 오, 미, 신, 유, 술, 해.

각각 쥐, 소, 호랑이, 토끼, 용, 뱀, 말, 양, 원숭이, 닭, 개, 돼지를 뜻하는 별호를 가진 이들이 바로 장강수로십이채를 지탱하는 열두 천두 계급이다.

그중 해백정은 채주의 막내 제자였다.

그리고 배신자들이 따르기로 했다는 인 사형이란 채주의 열두 제자들 중의 셋째, 바로 인백정을 뜻했다.

백두들이 해백정에게 고개를 숙이며 말했다.

"해 천두님께서 자리를 비우신 동안 채주 좌를 놓고 한바탕 실랑이가 있었습니다."

"인 천두님이 자 천두님과 축 천두님을 제끼고 채주 좌를 찬탈하려 한다는 소문이 파다합니다."

"이미 해 두목님을 제외한 모든 천두님들이 인 천두님의 채로 모여들고 있다고 합니다. 아마 조만간 그곳에서 채주 좌를 건 경합이 벌어지지 않을까 싶습니다."

"해 두목님은 그동안 대체 어디 계셨던 겁니까? 얼마나 찾았다구요!"

백두들의 말에 해백정은 어안이 벙벙한 표정을 지었다.

'아니, 시국이 이렇게 돌아가고 있었단 말이야? 그런데 왜 채주님은 나에게 산채 밖으로 나가라고 하셨던 거지? 설마……'

해백정은 아차 싶어 이를 악물었다.

그때. 백두들이 해백정을 향해 다가왔다.

"해 두목님. 지금이라도 채주 쟁탈전에 참가하셔야 합니다."

"이렇게 손 놓고 당하실 수만은 없지 않겠습니까!"

"이미 모든 천두님들이 인 천두님의 산채로 갔답니다. 저희도 어서 그곳으로!"

하나같이들 다 충직해 보이는 목소리였다.

그러나.

해백정은 부하들을 향해 눈을 가늘게 떴다.

"알겠는데…… 너희들은 여기 왜 왔냐?"

"예? 그야 저희는 두목님을 모시려고……."

"날 모시려고 왔다는 놈들이 약 한 첩, 담요 한 장 안 싸들고 왔어? 칼만 바리바리 차고?"

그 말에 백두들의 눈빛이 달라졌다.

맨 앞에 있던 늙은 백두가 나지막한 목소리로 말했다.

"……곱게 갑시다, 해 천두."

그 말을 시작으로, 모든 수적들이 병장기를 뽑아 들었다.

과연 이들 중에 음식이나 약, 담요 등을 짊어지고 있는 이는 한 명도 없었다.

해백정은 그럴 줄 알았다는 듯 짱돌을 움켜쥐었다.

"아까 활 쏘던 놈들도 한패지? 전원이 배신했구나. 인생 헛살았네."

"인생을 헛산 것은 우리 아니겠소? 지금껏 무공만 강한 어린 계집을 두목으로 모셔야 했으니 말이오. 채주가 말년에 노망이 든 게지."

"나는 욕해도 괜찮은데, 스승님은 욕하지 마라."

"어차피 얼마 전에 뒈진 노친네한테 거 욕 좀 하면 어떻소

이까?"

"······!?"

배신자들의 말에 해백정의 표정이 흔들린다.

"채, 채주님······ 아니 스승님이 돌아가셨다고? 왜?"

"그건 차기 채주님께 물어보든가."

"차기 채주? 자(子) 사형?"

"하하하— 이렇게 세상 물정 모르는 풋내기가 다 있나. 자 백정이 어떻게 차기 채주요? 인 천두님이 차기 채주시지."

그 말에 해백정이 이를 더더욱 꽉 악물었다.

"인백정······ 셋째 사형이 결국 하극상을 일으키는구나. 스승님을 시해한 흉수도 분명······."

"자, 길게 말할 것 없소. 갑시다. 인 천두님이 특별히 그대 는 산 채로 잡아 오라고 했으니."

백두 여섯 명이 굵은 밧줄을 꺼내 들었다.

나머지 십두들은 활과 화살을 들어 이쪽을 겨누고 있었다.

바로 그 순간.

부웅—

해백정이 손에 든 돌을 던졌다.

빠각!

그 돌은 바로 앞에 있는 바위를 향해 날아갔고 그대로 산 산조각 났다.

퍼퍼퍼퍼퍼퍽!

엄청난 힘에 의해 터져 나간 돌조각들이 사방팔방으로 흩어졌다.

활을 들어 해백정을 포위하고 있던 궁수들의 눈에 돌조각이 튀었다.

"으악!?"

몇몇 이들이 화살을 엉뚱한 방향으로 쏘아 보냈다.

몇 개의 화살이 아군의 팔과 다리에 꽂히는 순간, 둥그런 포위망이 약간 허물어졌다.

해백정은 그 틈을 놓치지 않고 다른 돌을 주워 들었다.

"해 천두! 포기하시오!"

여섯 백두들이 칼을 들고 달려들었다.

해백정은 이를 악물고는 자갈들을 걷어찼다.

퍼퍼퍼퍽!

그녀의 발등이 깨지며, 핏방울과 함께 자갈과 흙이 비산했다.

백두들이 몸을 웅크리고 그것을 막는 순간, 해백정은 물가에 튀어나와 있던 나무토막 하나를 집어 들었고 그것으로 옆에 있던 십두 하나의 머리통을 깨 놓았다.

…빠각!

사람 머리가 터져 나가는 소리.

뜨거운 핏물이 흩뿌려져 해백정의 차게 식은 몸을 덥혀 준다.

"차라리 여기서 골통이 깨져 뒈지는 게 낫지. 인백정 그 새끼가 채주 되는 꼴을 볼 바에야."

해백정은 침을 한 번 퉤 뱉고는 바닥에 떨어진 무쇠 철퇴를 집어 들었다.

방금 전 대가리를 깨 죽인 십두가 들고 있던 무기였다.

백두들이 뒤로 주춤주춤 물러났다.

"해 천두. 진정하시오. 우리들은 그대를 죽이기 위해 온 것이 아니외다."

"인 천두님께서 약속하셨소. 그대를 살려서 데려오면 모두를 중히 쓸 것이라고. 해 천두 그대도 마찬가지요."

"어차피 전 채주는 이미 죽었는데 무슨 충성을 다하겠다고 그러오?"

한 백두가 내뱉은 마지막 말이 해백정의 꼭지를 돌려 버렸다.

"죽긴 누가 죽어!"

그녀가 무쇠 철퇴를 휘둘렀다.

"우리 스승님은 안 죽었어!"

묵직한 철퇴가 살벌한 바람 소리를 내며 휘둘러졌다.

빠―캉!

백두 하나가 칼을 들어 그것을 막으려다가 공연히 칼만 잃어버렸다.

동강 나 부러진 칼날이 백두의 목에 꽂혀 시뻘건 피를 뿜어낸다.

"안되겠다! 팔다리 몇 개는 잘라야겠어!"

"목숨만 살려서 가면 된다!"

"그물 갖고 와! 던져!"

수적들답게 그물을 항상 들고 다니나 보다.

그들은 쫀쫀하게 짠 그물을 몇 겹으로 던져 해백정에게 씌웠다.

부웅― 붕!

해백정은 철퇴를 휘둘렀으나 그것은 그물을 찢기에는 너무 뭉툭했다.

더군다나 물살에 휩쓸려 오느라 지치고 부상당한 상태로는 더더욱 무리였다.

"으으윽!"

해백정은 천천히 뒤로 물러났다.

백두들의 칼끝이 더더욱 날카롭게 조여든다.

그녀가 팔다리를 잘린 채 사로잡히는 것은 시간문제로 보였다.

바로 그 순간.

…빠각!

골통이 바스라지는 소리와 함께, 후미에 있던 백두 하나가 돌 맞은 개구리처럼 나자빠졌다.

"……!?"

고개를 돌린 수적들의 시야에 누군가가 보인다.

저벅— 저벅— 저벅— 저벅—

산봉우리 위에서 곤을 든 소년 하나가 어슬렁어슬렁 내려오고 있었다.

"……인백정이라."

이 세상에는 끌면 안 되는 것이 있다.

산적들은 그런 금기시되는 것을 끌어 버렸다.

"그자에 대해서 더 말해 봐라."

바로 추이의 관심 말이다.

긴 사건이 아니라서 길게 묘사할 수도 없었다.

추이는 산봉우리에서 내려오자마자 살아남은 수적들을 모조리 곤으로 때려 죽였다.

단지 그뿐이다.

산 자에게 묻는 것보다는 죽은 자에게 묻는 것이 더 솔직한 대답을 들을 수 있었다.

그래서 추이는 그렇게 했다.

ㅊㅊㅊㅊㅊㅊㅊ……

추이는 수적들의 시체에서 창귀들을 뽑아냈다.

머리가 움푹 꺼지고, 목이 옆으로 꺾이고, 배와 가슴에 구멍이 난 창귀들이 시뻘건 피눈물을 흘리며 머리를 조아렸다.

추이는 창귀들이 일러바치는 것을 묵묵히 들었다.

一. 장강수로십이채의 채주가 죽었다.

二. 채주가 거둔 열두 명의 제자들은 채주가 될 자격을 갖추고 있다.

三. 현재 해백정을 제외한 열한 명의 제자들이 한곳에 모여 채주 자리를 놓고 겨루는 중이다.

四. 거기서 해백정은 모종의 이유로 제외되었다.

추이는 어깨를 한번 으쓱했다.

"강의 주인이 죽어서 아랫것들이 아귀다툼을 벌이고 있었는가."

판단은 짧았다.

"별것 아니었군."

하지만 누군가에게는 그것이 별것 아닌 것이 아닌 모양이다.

"닥쳐!"

추이는 별안간 날아드는 곤봉을 피해 고개를 숙였다.

그곳에서는 해백정이 숨을 씩씩 몰아쉬고 있었다.

상처의 피를 지혈한 그녀는 어느 정도 회복된 힘을 바탕으로 추이를 향해 곤봉을 겨누었다.

"채주님이! 스승님이 돌아가셨을 리 없어! 그분은⋯⋯ 강하다고!"

"뭘 어쩌라는 거냐. 한낱 수적 도당의 두목 따위에는 관심 없다."

"하, 한낱? 이 자식⋯⋯."

해백정의 눈에 살기가 깃들었다.

추이는 귀찮다는 듯 미간을 찡그렸지만, 그렇다고 걸어오는 싸움을 피하는 성격은 아니었다.

"잘 생각해라. 여기는 물 위도 아니다."

"스승님을 모욕한 새끼는 죽인다."

해백정은 추이를 놓아줄 생각이 없어 보였다.

물론 그것과는 별개로, 추이 역시 해백정을 살려 둘 생각은 아니었다.

'우선 창귀로 만든 뒤에 정보나 캐내 볼까?'

해백정 정도 되는 고수를 창귀로 만든다면 공력 증진에도 좋고 또 양질의 정보도 얻을 수 있을 것이다.

앞으로 만나게 될 '인백정'이라는 인물에 대한 정보 말이다.

'⋯⋯옛날 생각 나는군.'

추이는 잠시 과거를 회상했다.

회귀하기 전, '사형(師兄)'과의 기억을 말이다.

추이는 어느 비 오는 날 밤, 홍공과 나눴던 대화를 떠올렸다.

'너는 운이 좋다. 너 이전에 다른 놈을 가르쳤을 때에는 이 무공이 불완전한 상태였거든. 그래. 이름이 가정맹이었던 가? 그 가엾은 수적 놈이 지금은 뭘 하고 살고 있으려나?'

인백정 가정맹(苛政猛).

추이는 오래된 기억 속에서 먼지 쌓인 그 이름을 끄집어냈다.

'그래. 그런 놈이 있었지.'

수적들이 나누는 대화를 흘려듣고 있을 때 문득 귀에 들어온 그 이름을 추이는 놓치지 않았다.

'그러고 보니 확실히 이때쯤이겠군. 그놈이 장강수로채에 몸담고 있었을 때가.'

엄밀히 말하자면 추이는 인백정과 직접적인 연관은 없었다.

인백정은 추이가 강호로 나왔을 때 이미 죽고 없어진 과거의 인물이었기 때문이다.

그 시점의 추이가 인백정이라는 과거 인물의 행보에 관심을 가졌던 이유는 딱 하나뿐이었다.

'……인백정. 홍공의 제자.'

말 그대로다.

인백정은 창귀칭을 익힌 인물이었다.

그것도 추이보다도 훨씬 앞서서 말이다.

즉, 창귀칭을 가르친 홍공이 추이의 스승이라면 그런 홍공에게 창귀칭을 앞서 배운 인백정은 추이의 사형이 되는 셈이다.

'홍공은 나와 만나기 전에 장강수로채에 있던 수적 하나에게 심심풀이 삼아 창귀칭을 전수했다고 했었다. 그놈의 이름이 분명 가정맹…… 인백정이라는 별호를 쓰는 놈이었더랬지.'

말이 심심풀이지 실상은 창귀칭의 완성을 위해 만든 실험체였을 것이다.

즉, 혈마(血魔) 홍공이 인백정에게 전수한 창귀칭은 불완전한 상태였던 셈.

'아마 이 시점에서는 홍공조차도 창귀칭이라는 무공을 완전히 정립하지 못했을 테니 당연한 일이다.'

당연하게도, 홍공이 키운 제자인 인백정은 창귀칭의 마기를 감당하지 못하고 미쳐 버렸고 그 이후 수많은 혈겁을 일으키게 된다.

그 이후에는 천라지망에 갇혀 날뛰던 끝에 정도의 고수들에게 잡혀 죽는다.

이런 과거사를 추이는 강호에 나오고 나서, 한참이나 나중에 알았던 것이다.

'……하지만 지금 이 시점에는 살아 있다는 말이지?'

추이는 궁금했다.

자신의 사형이 어떤 인간인지, 현재 창귀칭을 익히고 있는

지 아닌지, 혹시 익혔다면 어느 경지에 도달해 있는지, 아직 익히지 아니하였다면 언젠가는 그의 앞에 혈마 홍공이 나타날지.

…꽈악!

곤을 쥔 손에 힘이 들어간다.

추이가 세운 회귀 이후의 목표들 중 최상위권에 들어가 있는 것이 바로 혈마 홍공을 죽이는 일이다.

'어차피 벌레같이 살다 갈 목숨이다. 이리 내려와서 도박 한번 해 보지 않으련?'

자신을 이용했고, 그 끝에 죽이려 들었고, 가장 친했던 벗을 죽음에 이르게 한 남자.

인백정의 옆에서 대기하다 보면 언젠가 그를 만날 수 있을 것이다.

그래서일까? 추이는 눈앞에 있는 해백정을 그냥 지나치지 않았다.

인백정의 막내 사매인 그를 잡아 심문하면 여러 가지 정보를 얻을 수 있을 것이다.

살았을 때 내뱉은 정보와 죽었을 때 내뱉은 정보들을 취합하면 단순한 사실 외에도 무엇을 숨기려 했는지, 그 의도까지 모두 파악할 수 있으리라.

하지만.

"스승님은 안 돌아가셨어!"

해백정은 순순히 죽어 줄 생각이 없는 것 같았다.

퍼-엉!

그녀가 온 힘을 다해 발길질을 날렸다.

해백정의 발등이 또다시 찢어지며, 수없이 많은 자갈들이 추이를 향해 날아들었다.

따따따따따따따따따딱!

자갈들이 뒤쪽의 바위와 나무들을 걸레짝으로 만들어 놓는다.

하지만 추이는 이미 그것들을 피해 허공으로 뛰어오른 뒤였다.

쐐애애애액-

추이의 곤이 독사처럼 날아들어 해백정의 복부를 찔렀다.

해백정은 바닥을 구르며 그것을 피했고 이내 부하의 시체 위에 널브러져 있던 손도끼를 집어 들었다.

…덥썩!

옆에 창이나 칼도 있는데 굳이 도끼를 집어 든 것을 보면 그런 형태의 무기를 가장 선호하는 듯싶었다.

"으아아아아아아아아아아아!"

그녀는 투박한 손도끼를 들고 곧장 추이에게로 덤벼들었다.

까-앙!

상처입었어도 맹수는 맹수다.

해백정은 손도끼를 종횡무진으로 휘두르며 추이를 몰아세웠다.

스르르르르……

도끼 표면에 해백정이 뿜어낸 내력이 아지랑이처럼 피어오른다.

그것들은 도끼날을 타고 흐르다가 뾰족한 끝에 이슬처럼 맺혔다.

파파파팡!

내력의 방울들이 이슬처럼 흩뿌려진다.

그것들은 바위고 나무고 가리지 않고 퍽퍽 구멍을 뚫어 놓았다.

휘리리리리릭-

추이는 곤을 빙글빙글 돌려 그것들을 걷어 냈다.

동시에 회마창(回馬槍)의 한 수를 이용해 해백정의 가슴팍을 세게 찔렀다.

"뒈져라."

차가운 목소리, 무감정한 눈빛이 해백정을 향했다.

까-앙!

곤이 도끼날을 위로 튕겨 내고는 해백정의 어깨를 때렸다.

"끄윽!"

그녀는 비명을 참으며 뒤로 나가떨어졌다.

그곳에는 벼락에 맞아 죽은 나무 한 그루가 서 있었는데,

해백정이 나가떨어진 곳은 하필 뾰족한 나뭇가지의 끝이 삐죽 튀어나와 있는 방향이었다.

…푸욱!

나뭇가지가 해백정의 왼쪽 종아리를 꿰뚫었다.

하류까지 떠내려오다가 한 번, 지금 한 번 해서 총 두 번이나 나뭇가지에 관통상을 입은 것이다.

"젠장, 나뭇가지가 왜 이렇게 풍년이야!?"

그녀는 이를 한 번 뿌득 갈고는.

우지끈!

자신의 왼발을 관통한 나뭇가지를 오른발로 걷어차 부쉈다.

실로 놀라운 투지.

처절하기까지 한 독기.

추이는 고개를 끄덕였다.

'젊은 나이에도 무공이 고강한 이유가 있군.'

불과 이립(而立)도 되지 않아 보이는 나이에 절정고수가 되었다는 것은 그녀가 한두 번의 기연을 만났던 것이 아님을 뜻한다.

……하지만 단지 그뿐이다.

"해백정."

죽이기로 마음먹은 상대에게 어떤 사정이 있든, 어떤 과거가 있든 그것은 알 바가 아니다.

"해백정."

강한 적은 좋은 영약과도 같아서, 추이는 그저 묵묵히 상대의 이름을 세 번 부를 뿐이었다.

부웅—

곤이 휘둘러진다.

까—앙!

해백정은 도끼를 들어 그것을 막았으나 반탄력 때문에 도끼 자루를 쥔 손을 놓치고 말았다.

바로 그 틈을 추이는 놓치지 않았다

"퉤—"

혀끝을 깨물어 낸 피가 침에 섞여 날아간다.

그것은 정확히 해백정의 입속으로 떨어져 내렸다.

"엣퉤퉤! 뭣……?"

단지 더러운 수법이라고만 생각했던 그녀.

순간, 해백정의 두 눈이 찢어질 듯 커졌다.

"끄으으으으으윽!?"

지독한 매운맛.

동시에 입안을 넘어 목구멍 안쪽, 위장 아래, 배 속의 단전 깊숙한 곳까지 엄청난 뜨거움이 작렬했다.

"꺄아아아아아아아아악!"

마치 불붙은 숯덩이를 삼키기라도 한 듯, 폐장(肺腸) 모두가 뜨겁게 타들어가는 듯한 고통이었다.

하지만 단지 그것이 다가 아니다.

비명이 터져 나오는 동시에 해백정의 내공이 말라붙었다.

도끼날에 흐르고 있던 내력이 끊기자 그것은 그저 평범한 쇳덩이로 전락해 버렸다.

…빠각!

일직선으로 쏘아져 온 곤 끝이 해백정의 도끼 자루를 부수고 도끼날을 날려 버렸다.

그다음 순서는 당연히.

퍼—억!

추이의 곤이 해백정의 복부로 깊게 틀어박힐 차례였다.

"꺼헉……!?"

해백정은 비명조차 제대로 내지르지 못했다.

추이가 곧장 곤을 들어 올린 뒤 해백정의 몸을 강물에 처박았기 때문이다.

퍼—엉!

해백정이 수면을 깨트리고 처박힌 곳에서 커다란 물기둥이 치솟아 올랐다.

꾸르르르르륵…… 부글부글부글부글……

해백정은 또다시 물속으로 가라앉았다.

그녀의 귓가로 환청이 들려온다.

'엄마…… 엄마…… 엄마…….'

소녀의 울음.

물속에서 미소 짓던 엄마의 얼굴.

무심하게 움직이던 아빠의 망치질.

폭우를 맞으며 땅을 두드리던 오빠의 통곡 소리.

꾸르르르륵……

해백정의 입에서 마지막 숨이 물거품처럼 토해져 나온다.

발버둥 쳐 보았지만 이곳은 수류가 그리 세지 않은 곳이라 그런가 계속해서 가라앉기만 할 뿐이었다.

'틀렸나.'

그녀의 몸이 점점 둔해진다.

어디선가 그리운 스승의 목소리가 들려오는 것도 같았다.

'해(亥)야…… 해야…… 가거라…… 멀리 가거라…… 채 밖에서 세상을 배우고 오거라…….'

해백정은 꺼져 가는 시야 너머로 저무는 환영들을 배웅했다.

'죄송해요. 엄마. 아빠. 오빠. 스승님.'

그리고 이제는 편해질 수 있겠다는 안도감에 천천히 두 눈을 감았다.

……하지만.

퍽―!

갑작스레 옆구리를 파고드는 통증은 해백정의 의식을 다시 현실로 되돌려 놓았다.

"크학!?"

그녀가 미처 비명을 지를 새도 없이, 시커먼 곤이 해백정의 몸을 들어 올려 수면 밖으로 건져 냈다.

"아직 한 번 남았다."

추이는 아직 그녀의 이름을 두 번밖에 부르지 못했다.

…퍼엉! 왈그르르르륵!

물 밖으로 밀려나온 해백정은 그대로 자갈밭에 패대기쳐졌다.

추이가 그런 해백정을 무심한 표정으로 내려다보고 있었다.

"헤엄을 못 치는 수적은 처음 보는군."

황당함이 묻어나는 그 목소리에 해백정은 폐까지 꽉 찬 것 같은 강물을 왈칵 토해 냈다.

"웨엑! 웨에에에엑!"

그녀의 입에서 토해져 나온 피라미 몇 마리가 팔딱팔딱 뛰는 것이 보인다.

이윽고, 해백정이 말했다.

"……왜 건졌냐?"

"죽이려고."

"미친놈."

추이의 대답을 들은 그녀는 힘없이 고개를 옆으로 젖혔다.

하지만 추이의 대답은 진심이었다.

'……물에서 죽으면 창귀로 만들 수가 없으니 귀찮더라도

건져 낼 수밖에.'

예를 들어, 오자운이 죽였던 비무극은 끝내 창귀로 만들지 못했다.

직접 살수(殺手)를 써 죽인 상대가 아니었기 때문이다.

이처럼, 직접 피를 봐 죽인 상대가 아니면 창귀로 만들 수 없었다.

이것이 창귀칭의 근간을 이루는 기본적인 원칙들 중 하나.

그래서 추이는 손수 물속으로 들어가 해백정을 건져 낸 것이다.

기껏 다 잡아 놓은 마당에 해백정이 익사해 버리기라도 한다면 그녀의 혼백을 흡수할 수가 없으니 말이다.

이윽고.

스으윽-

추이의 곤이 하늘 높이 솟구쳤다.

이대로 해백정의 머리통을 부숴 버리기 위함이었다.

"해백……."

추이의 입에서 막 세 번째 부름이 나오려는 순간, 그녀의 입술이 달싹였다.

"스승님이…… 돌아가셨을 리 없어……."

물론 추이에게는 전혀 알 바가 아닌 독백이었다.

"그러니…… 나는 살아야 해…… 여기서…… 죽……을…… 수는…… 없어……."

목숨 구걸이라면 소용없다.

이미 이름을 세 번 불리기 직전이다.

하지만. 해백정은 추이의 생각을 읽기라도 하듯 말을 이었다.

"구걸…… 하자는 게…… 아냐…… 거래…… 야……."

"……?"

이 시점에 거래할 것이 있을까?

부하, 스승, 사형제, 모든 것들을 잃어버린 해백정에게?

추이가 잠시 곤을 멈추자 그녀의 말이 이어졌다.

"창…… 만들어 줄게……."

해백정의 시선은 추이의 곤과 허리춤에 매달린 매화검을 번갈아 향하고 있었다.

추이는 맨 처음 해백정이 가녀린 여인으로 위장했을 때 했던 말을 떠올렸다.

'제 목숨을 살려 주셨으니 보답을 하겠습니다.'

이번에는 거짓을 고하는 눈치가 아니었다.

서서히 흐려져 가는 그녀의 두 눈빛에서는 절박한 진심이 느껴지고 있었다.

'저를 따라오신다면 이 두 무기를 하나로 만들어 드리지요.'

추이가 곤을 내리는 순간, 해백정의 눈에서도 눈물 한 방울이 떨어져 내렸다.

"도와줘."

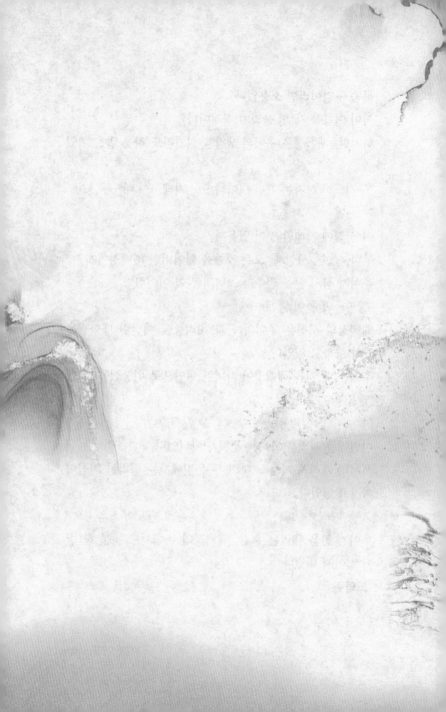

연리지(連理枝)

사천성(四川省).

송대의 행정구역인 천협사로(川陝四路)에 원대를 거치며 만들어진 성이 자리했다.

장강(長江), 민강(岷江), 타강(陀江), 가릉강(嘉陵江)이 발원하는 곳인지라 수많은 상인들이 모여드는 상업 지구.

하지만 강이 많고 상행이 번화했다는 것은 그만큼 수적들도 많다는 뜻이다.

때문에 농민들이나 어부들 중에는 수적들을 피해 험준한 산봉우리로 올라가 화전(火田)을 일구고 사는 이들이 많았다.

여기에 있는 손강(孫鋼)과 손화(孫嬅) 부녀가 바로 그러한 경우였다.

"오늘은 좋은 철이 많았으면 좋겠구나."

"화덕에 뗄 장작이 다 떨어져 가요, 아버지."

손강은 대장장이였고 손화는 그런 손강의 외동딸이다.

두 부녀는 멀리 외떨어진 산 중턱에 대장간을 차려 놓고 산기슭 아래에 있는 농민들에게 농기구를 파는 것으로 생계를 이어 가고 있었다.

이 산에서 오랜 시간 살아온 손강은 어디에서 질 좋은 철이 나는지 잘 알고 있었고 내년에 다가올 농번기에 대비해 미리미리 그것들을 캐서 저장해 두고 있었다.

하지만 그것이 화를 불렀다.

장강의 수적들이 손강의 대장간을 약탈하러 찾아온 것이다.

…쾅!

문짝을 부수고 들어온 수적 하나가 대뜸 손강의 가슴팍을 걷어찼고 곧이어 손화의 머리칼을 움켜쥐었다.

"꺄악!?"

딸의 비명에 손강이 기침을 하며 외쳤다.

"무슨 짓이오!"

손강의 분노 섞인 외침에 수적들은 낄낄 웃어 댔다.

"이 초막의 철을 모두 징발한다. 싹 다 가져와서 여기 수레에 실어 놓아라. 그리고 저 산 아래의 강가까지 끌고 내려가."

"……."

칼을 차고 온 건장한 사내들이 다섯 명이나 된다.

하나같이 살인에는 이골이 난 악귀들일 테니 저항하는 것은 의미가 없었다.

하는 수 없이, 손강은 이를 꽉 다문 채 고개를 끄덕일 수밖에 없었다.

하나뿐인 딸이 수적들에게 붙잡혀 있으니 어쩔 도리가 없는 것이다.

"아버님……."

손화는 수적들에게 붙잡힌 채 흐느꼈다.

수적들은 손화를 끌고 가서 평상에 앉혔다.

그러고는 손강을 향해 기세등등하게 말했다.

"반나절 주마. 그 안에 철들을 다 배에 실어 놓아라. 그렇지 않으면 네 딸년은 오늘 토막토막 잘려 물고기 밥이 된다."

"……알겠소. 시키는 대로 할 테니 딸만은 건들지 말아 주오."

손강은 땀을 뻘뻘 흘리며 철광석을 날라 수레에 실었다.

그러는 동안 수적들은 초막 안에서 차나 떡, 어포 등을 꺼내어 제멋대로 먹기 시작했다.

그때, 한 수적이 말했다.

"그러고 보니 이년 이거, 얼굴이 꽤 반반한데요?"

"뭐? 에이! 이렇게 더러운 년이 뭐가 반반해?"

"아뇨. 얼굴이 숯검댕투성이라 그렇지 지우면 꽤나 볼만

하겠습니다요."

수적이 손화의 머리끄댕이를 확 잡아 올렸다.

손화의 얼굴에는 검은 숯가루가 덕지덕지 묻어 있어서 언뜻 보기에는 전혀 외모를 구분할 수가 없었다.

수적이 말했다.

"너, 여기 우물에서 얼굴을 좀 씻어 봐라."

"……"

손화는 눈을 질끈 감았다.

그리고 우물 앞에 떠 놓은 물동이에서 물을 조금 떠서 얼굴을 문댔다.

그러자 수적이 그녀의 뺨을 후려갈겼다.

"똑바로 안 씻어? 얼굴에 숯가루가 조금이라도 남아 있으면 네년 애비의 창자를 뽑아서 닦아 주마! 알겠어!?"

칼 든 사내들의 으름장에 손화는 손발을 덜덜 떨며 얼굴을 씻었다.

수적들은 그녀의 앞에서 낄낄 웃으며 칼을 휘둘렀다.

"숯가루 씻었는데 못생겼으면 바로 죽인다."

"아, 못생긴 건 못 참지. 저년 애비까지 바로 죽일 거야."

"들었지, 이년아? 너는 예뻐야 돼. 아니면 뭐, 부녀가 쌍으로 죽는 거고."

"빨리빨리 씻어, 덜덜 떨지만 말고. 어?"

"보자. 오? 피부는 제법 뽀얗네. 어디, 더 씻어 봐라."

이윽고, 손화는 세안을 마쳤다.

그러자 수적들이 감탄했다.

"이야. 진짜 예쁘네."

"화장 없이 이 정도면 저기 태애현 춘월이보다도 괜찮겠는데?"

"제 말이 맞지요? 제가 여자 보는 눈은 정확합죠."

"안되겠다. 여기서 바로 회포 좀 풀고 가야지."

"순서를 정하자. 제비뽑기 어때?"

손화는 덜덜 떨기 시작했다.

그녀의 수난은 아직 끝나지 않은 것이다.

그때, 철광석을 나르던 손강이 뛰어왔다.

"무, 무슨 짓들이오! 철을 주겠다는데 왜 그러오!"

"누가 죽인대? 그냥 데리고 좀 놀겠다는 거잖아."

"제발! 제발 그러지 마시오! 광 속에 숨겨 놓은 것까지 모두, 모두 내줄 테니 제발 딸만은……!"

수적 한 명이 귀찮다는 듯 미간을 구겼다.

그리고 커다란 손을 뻗어 손강의 멱살을 잡았다.

그는 손강을 끌고 대장간으로 향했다.

그곳에는 커다란 솥 안에서 부글부글 끓고 있는 쇳물이 있었다.

수적이 누런 이를 드러내며 웃었다.

"사람 먹은 쇳물은 더 단단하게 굳는다던데, 사실인지 어디 한번 확인해 볼까?"

그는 손강의 머리채를 잡아 쇳물에 집어넣으려 했다.

그러자 뒤에 있던 손화가 다급하게 소리쳤다.

"아버님을 해치지 마세요! 뭐, 뭐든 시키는 대로 할 테니……!"

그 말에 수적들은 웃음을 터트렸다.

"재미있는 것들이야. 여기에 한 일주일은 머물러 있을까? 이 계집한테 이것저것 시키면서."

"아서라. 갈 길이 멀어. 적어도 내일 새벽에는 배를 띄워야 함세."

"멀기는. 어차피 장강수로채에 가입하러 가는 길이잖나. 이 근방에 술백정 견술(甄戌)이라는 자의 산채가 있다던데. 그리로 가면 금방 아니겠나?"

"예끼 이 사람아! 기왕 투신할 거면 실세에게 붙어야지. 여기서 조금 더 가면 인백정 가정맹이라는 자의 산채가 있어."

"인백정이라. 그가 더 세력이 큰가?"

"말해 뭣 하나? 장강수로채의 차기 채주가 될 자라는 소문이 파다해. 그리고 부하를 받을 때 신분이나 출신, 인성 같은 것도 전혀 안 본다더군. 딱 실력만 놓고 대우해 준다나?"

"큭큭큭― 우리 같은 실력자들에게는 딱이야."

"참. 노파심에 하는 말인데, 거기 가서는 인백정 인백정 하면 안 돼. 인 천두님이라고 정중하게 부르는 것 잊지 말고."

"이 사람. 내가 미쳤나? 거기 가서도 백정 백정 하게. 알아서 잘할 테니 걱정 말게."

수적들은 서로 주거니 받거니 하며 껄껄 웃는다.

바로 그때.

"누가 차기 채주라고?"

수적들의 뒤에서 목소리 하나가 들려왔다.

그들이 고개를 돌린 곳에는 창백한 안색의 여자 하나가 서 있는 것이 보였다.

수적들이 웃었다.

"오, 계집 하나가 더 있었군?"

"이쪽이 더 예쁜데?"

"에이, 근데 얼굴에 칼자국이 나 있잖아."

"나는 괜찮아. 내가 하나 더 새겨 주지 뭐."

"어이─ 너도 이리로 와서 좀 앉아 보……."

마지막 수적의 말은 중간에 잘렸다.

왜냐하면 그의 머리통이 중간에 잘려 나갔기 때문이다.

쩌─걱!

장작 패는 데나 쓰이는 손도끼가 날아들어 수적의 안면을 절단했다.

…털썩!

핏물이 흩뿌려지며 우물가가 축축하게 젖어 들었다.

"!?"

수적들이 황급히 칼을 빼 들었다.

"이런 개 같은 년이!"

수적 하나가 칼을 휘둘렀다.

칼자국 여인은 그 칼을 피할 힘도 없는지 그저 비틀거리며 서 있을 뿐이었다.

그때.

까앙!

그녀의 뒤에서 튀어나온 흑색의 곤 하나가 수적의 칼을 쳐냈다.

"……억!?"

부러진 칼날이 수적의 목을 뚫고 뒷목으로 삐죽 튀어나왔다.

그와 동시에, 앳된 외모의 소년이 곤을 회수했다.

퍼퍽!

빠르게 연이어진 찌르기가 다른 수적 둘의 머리통을 차례차례 부숴 버렸다.

추이와 해백정.

그들은 수적 넷을 눈 깜짝할 사이에 죽여 버리고는 마당으로 들어섰다.

저벅— 저벅— 저벅—

살아남은 수적 하나가 뒤로 나동그라진 채 엉금엉금 기어서 도망간다.

그 앞으로 추이가 걸어왔다.

"사람 먹은 쇳물은 더 단단하게 굳는다던데."

"……?"

"사실인지 어디 한번 확인해 볼까?"

"……!"

방금 전에 자신이 내뱉은 말을 그대로 다시 돌려받게 된 수적.

그의 표정이 거멓게 죽어 가기 시작했다.

추이는 뻘겋게 달아오른 솥의 손잡이를 맨손으로 콱 움켜 잡았다.

부글부글부글부글……

그러고는 솥 안에 든 쇳물을 수적의 머리 위에 끼얹어 버렸다.

치이이이이이이이익!

살 타는 소리와 함께 매캐한 노린내가 퍼진다.

"……! ……! ……!"

수적은 비명조차 지르지 못하고 발버둥 쳤다.

그러고는 식어 버린 쇠에 갇혀 죽고 말았다.

"……."

손강과 손화 부녀는 서로 부둥켜안은 채 덜덜 떨고 있었다.

수적들도 무서웠지만 지금 나타난 저 두 남녀가 훨씬 더

무섭게 느껴졌기 때문이다.

그때.

손강과 손화 부녀의 앞으로 해백정이 걸어왔다.

그녀는 금방이라도 쓰러질 듯 덜덜 떨리는 목소리로 말했다.

"이부자리."

"……."

"그리고 화덕을 빌려줘."

"……."

감히 어느 안전이라고 거역하겠는가.

해백정은 뜨끈뜨끈한 구들장에 누워 이불을 덮고서도 몸을 사시나무처럼 떨었다.

"추워…… 추워…….

뾰족한 나뭇가지에 몸을 관통당한 것은 약과다.

그녀는 허리와 허벅다리에 칼을 두 번이나 맞았고 등에는 일곱 발의 화살촉이 박혀 있다.

암초에 부딪친 뼈는 부러져 산산조각 났고 그 와중에 추이의 곤에 몇 번이나 얻어맞은 부위들이 시퍼렇게 멍들어 팅팅 부어오르고 있었다.

…땅그랑!

추이는 그런 해백정의 옆에 앉아서 그녀의 몸 곳곳을 파고 든 칼 조각이나 화살촉들을 뽑아냈다.

"쯧."

추이는 혀를 가볍게 찼다.

창귀로 만들려고 했던 적을 죽이기는커녕 치료까지 해 주 고 있으니 황당할 만도 하다.

"무기 제련을 하지 못하면 너는 죽는다."

"추워…… 추, 추워……."

해백정은 의식을 잃은 채 고열에 신음한다.

아까 전에 도끼를 던졌던 것도 '인백정'이나 '채주'라는 단 어에 무의식적으로 반응했을 뿐이다.

추이는 해백정의 옷을 전부 벗기고 몸을 파고든 쇠붙이나 나무조각 등을 모두 제거한 뒤 다시 이불을 덮었다.

그리고 장지문을 열고 마루에 대기하고 있던 손화에게 말 했다.

"뜨거운 물과 깨끗한 천을 다오. 그리고 약재도 몇 가지 구해 와라."

"예, 그러겠습니다. 한데……."

"?"

손화가 말끝을 흐리며 추이의 눈치를 살폈다.

그러고는 얼굴을 빨갛게 붉히며 물었다.

"함께 온 여인분은…… 혹 아내이신지요?"

"아니다."

"하면 연인이십니까?"

"아니다."

"그렇다면 어떤 관계이신지……."

추이의 대답을 듣는 손화의 표정에 뜻 모를 기대감이 어린다.

한편, 추이는 왜 이런 것을 묻는지 몰라 미간을 찡그렸다.

"포로다."

"?"

"구해 오라는 것이나 빨리 구해 와라. 싫다면 다른 집으로 가겠다."

"아닙니다! 아닙니다! 여기 계셔요! 얼른 구해 올게요!"

손화는 화색이 된 얼굴로 사립문을 향해 뛰어갔다.

추이는 해백정의 이마에 손을 가져다 대 보았다.

열이 펄펄 끓고 있어서 여기에 대고 쇠를 녹여도 될 정도다.

그때.

"화덕을 쓰시렵니까?"

마루 너머에서 손강의 목소리가 들려왔다.

추이는 해백정이 있는 방문을 닫고 마루로 나갔다.

손강이 공손한 자세로 서서 추이에게 고개를 숙여 보였다.

"언제든 쓰실 수 있게 준비해 두었습니다."

"거기서 이걸 이어 붙일 수 있겠는가?"

추이는 혹시나 하는 기대감에 묵죽곤과 매화검을 보여 주었다.

손강은 날카로운 시선으로 두 병기를 살피고는 이내 고개를 저었다.

"이 기물(奇物)들은 평범한 대장장이의 실력으로는 다룰 수 없겠습니다. 제 미천한 능력으로는 날을 가는 것조차도 어렵겠군요."

"가능한 대장장이를 모르나?"

"제가 알기로는 이 인근에는 없습니다. 저기 성도(成都)로 나가면 또 어떨지……."

"……"

추이는 고개를 끄덕였다.

결국은 해백정이 깨어나기를 기다릴 수밖에 없었다.

만약 그녀가 상황을 모면하기 위해 값싼 거짓말을 내뱉은 것이라면…… 반드시 그에 맞는 대가를 치르게 되리라.

대장간은 많다.

관영, 병영, 수영, 군, 현, 읍에 딸린 대장간들은 물론 시골 장터마다 길목 길목에 자리한 대장간, 혹은 위세 있는 가문들의 장원에 딸린 대장간 등등…….

손강과 손화가 살고 있는 대장간 역시도 그런 수많은 대장간들 중의 하나였다.

다만, 손강이 이 산 일대에서는 꽤나 알아주는 솜씨를 지닌 명장이라는 점이 추이에게는 다행이었다.

손강은 농기구 하나를 만들어도 허투루 만들지 않는 사내였고 그 까닭에 창고에는 항상 질 좋은 철이, 대장간에는 질 좋은 도구들이 구비되어 있었다.

추이는 손화가 차려 준 밥상 앞에 앉으며 말했다.

"제련을 할 도구들은 있나?"

"다 준비해 놨습니다."

손강이 대장간 구석에 있는 커다란 화덕을 가리키며 말했다.

장작도 충분하고 석탄도 많다.

천장 위로 연기를 빼낼 굴뚝도 회반죽을 새로 발라 튼튼했다.

멧돼지 가죽으로 된 풀무들이 화덕 옆에 가지런히 정돈되어 있었다.

그 옆에는 원통형으로 된 모루와 길고 튼튼한 망치들이 보인다.

그 외에도 우물에서 길어 온 찬물이 열 동이나 되었다.

허리 부근이 우묵하게 닳은 숫돌 강판도 대기하고 있었다.

손강이 말했다.

"제가 직접 메를 잡겠습니다. 화야, 너는 불 세기를 잘 맞추니 옆에서 풀무질을 하거라."

"예, 맡겨 주세요. 아버지."

손화가 씩씩하게 대답했다.

그런데 어째 대답을 들어야 할 아비가 아니라 앞에 있는 추이만을 홀린 듯 바라보는 것이⋯⋯.

달그락–

그러거나 말거나, 추이는 밥을 먹었다.

질그릇에 담긴 조밥과 고추장, 이름 모를 잡어를 구운 것, 그리고 나물 무침 몇 가지.

손강과 손화의 밥상 역시도 똑같았다.

다만 추이의 밥상에는 다른 점이 하나 있었다.

밥을 헤쳐 보니 밥알 밑에 큼지막한 닭알이 하나 숨겨져 있는 것이다.

그것을 눈치챈 손강이 딸을 향해 씩 웃었다.

"우리 손화, 다 컸구나. 애비 말고 다른 남자부터 챙기는 걸 보니⋯⋯."

"아휴, 아버지는 참. 그, 그게 아니라⋯⋯ 손님이 많이 피곤해 보이셔서⋯⋯ 얼른 기력 회복하시라구⋯⋯."

화덕에라도 들어갔다 나온 양 얼굴이 새빨갛게 익은 손화가 손사래를 친다.

그때. 장지문 너머에서 발소리가 들렸다.

삐걱―

해백정.

생사의 기로에서 살아 돌아온 그녀가 파리한 안색으로 모습을 드러냈다.

"기력을 회복해야 하는 사람은 난데?"

해백정은 추이의 밥그릇 위에 올려진 달걀을 집어 들더니 그것을 씹지도 않고 삼켜 버렸다.

손화가 안타깝다는 듯한 표정을 지었으나 그녀는 아랑곳하지 않고 입맛을 쩝쩝 다셨다.

"간땡이에 손기척도 안 가네. 도구들은 준비됐어?"

"다 해 놨다. 착수해라."

"급하기는."

그녀는 인상을 찡그리고는 입에서 핏물과 이빨 몇 개를 퉤 뱉어 냈다.

"따라와. 메, 풀무."

해백정에게 지목당한 손강과 손화가 뻣뻣하게 얼어붙었다.

대장간의 벽에는 칼이나 화살 같은 병장기보다 호미, 낫,

작두, 망치, 괭이, 쇠스랑, 꺾쇠, 문고리, 돌쩌귀 같은 것들이 더 많이 걸려 있었다.

잔뜩 쌓여 있던 장작들이 화덕 속으로 절반가량 타들어갔을 무렵에야 해백정은 비로소 망치를 잡았다.

"내 아버님은 이 세상에 둘도 없는 주검(鑄劍)의 명수셨지."

해백정은 땀을 흘리며 솥 안을 들여다보았다.

절절 끓는 쇠판떼기 위에서 쇳물이 우릉우릉 소리를 내며 끓고 있었다.

"어느 날, 세력가 하나가 아버님의 소문을 듣고 의뢰를 했어. 천금을 내릴 테니 이 세상에서 제일가는 천하명검(天下名劍)을 만들어 달라고 말이야."

곤귀 구강룡의 곤 묵죽이 용광로 속에서 시뻘겋게 달아오른다.

"아버님은 세력가의 부탁을 몇 번이나 거절하셨어. 그러자 자존심이 상한 세력가는 협박했지. 칼을 만들지 않으면 아버님을 비롯한 우리 일가족을 몰살하겠다고 말이야. 칼의 수준이 자신의 안목에 못 미칠 경우에도 그렇게 하겠다고 했어."

사망매화 오자운의 매화검 역시도 점차 매화처럼 붉게 물들어 가고 있었다.

"아버님은 몇 날 며칠을 고민하셨어. 천하에서 제일가는 칼을 만들 수 있을까? 만든다고 해도 검에 미쳐 있는 세력가를 만족시킬 수 있을까?"

해백정은 땀방울을 떨어트리며 말을 이어 나갔다.

"그때, 어머님이 말씀하셨어. 사람을 녹인 쇳물에는 영성
(靈性)이 깃든다고……."

뜨겁게 달아오른 쇠와 쇠가 맞붙는다.

"그 말을 끝으로 어머님은 솥 안으로 뛰어드셨어. 아버님
은 너무 놀라서 어머님을 붙잡지도 못하셨지."

그것은 연거푸 떨어져 내리는 망치에 맞아 조금씩 조금씩
외형을 바꿔 가고 있었다.

"아버님은 결국 망치를 잡으셨어. 그리고 어머님이 녹아
든 쇳물을 써서 칼 한 자루를 만들어 냈고. 그 칼이야말로 분
명 천하제일의 명검이었어."

해백정은 여러 가지 철을 녹인 뒤 그것을 부어 가면서 묵
죽의 끝과 매화검의 끝을 접붙이고 있었다.

"하지만 세력가는 아버님에게 포상을 내리기는커녕, 되레
아버님을 살해했지. 아버님이 또다시 그런 명검을 만들까 두
려웠던 거야."

대장간 안은 망치를 두드리는 소리와 장작이 불타는 소리
만이 요란했다.

"그 뒤, 어머니와 아버지를 잃은 슬픔에 하나뿐인 오빠마
저 집을 나갔어. 반드시 세력가를 죽여 원수를 갚겠다면서."

쩍─ 하고 장작이 쪼개졌고 그 사이로 새로운 불길이 타올

라 솥을 한층 더 뜨겁게 달구었다.

"오빠의 소식은 지금도 몰라. 죽었는지, 살았는지도 알 수
없지. 애초에, 원수가 누구인지 아는 사람은 부모님과 오빠,
셋뿐이었으니 수소문도 할 수가 없어."

해백정은 긴 한숨을 토해 내어 쇠를 식혔다.

"나는 그때 어렸고, 아무것도 몰랐어. 이 사실도 나를 키
워 준 스승님이 알려 주신 거야."

이윽고, 그녀는 옆에 앉아 있던 추이를 돌아보며 말했다.

"아마 스승님은 알고 계셨겠지. 본인의 수명이 얼마 남지
않았다는 것을. 그래서 나를 산채 밖으로 내보냈던 것이 아
닐까? 채주 쟁탈전에서 개죽음을 당하지 않도록……."

해백정이 추이를 뒤쫓았던 것에는 이런 뒷사정이 있었던
모양이다.

하지만 추이의 목소리는 불길마저 수그러들 정도로 차가
웠다.

"수적들 따위의 정치 싸움에는 관심 없다."

"그래 맞아. 무고한 이들의 피나 빨아먹는 것들이 웬 감성
팔이냐 싶겠지."

해백정은 추이의 대답에 고개를 끄덕였다.

"믿을지는 모르겠지만, 사실 장강수로채는 원래 지금과
같이 흉악한 집단이 아니었어."

"……."

"적어도 내 스승님께서 채주 자리에 계실 적에는 그랬지. 탐관오리 놈들의 표물을 털어서 굶주린 이들에게 나누어 주는, 그리고 가난한 어부들의 뒷배가 되어 주는…… 말하자면 의적 같은 무리였달까."

"……."

"하지만 스승님이 병석에 눕고 난 뒤부터 모든 것이 달라졌어. 내 위의 자 사형과 축 사형은 스승님의 뜻을 잇고자 했으나…… 그 밑의 사형들이 문제였지."

그녀는 말을 마치고는 옆에 있던 손강과 손화 부녀를 돌아보았다.

"당신들에게도 미안하게 됐어. 장강수로채에 투신하려는 도당들이 피해를 끼쳐서."

"웬걸요. 이렇게 무사히 살았으니 되었습니다."

손강은 망치질을 하며 씩 웃었다.

손화 역시도 풀무질을 하며 고개를 끄덕였다.

해백정의 시선이 다시 화덕을 향했다.

"그래서 나는 결코 용서 못 해. 스승님의 부재를 노려 채주 자리를 노리는 인 사형을. 장강수로채의 존재 의의를 변질시켜 버린 죗값을 치르게 해 줄 생각이야. 반드시."

그녀가 인백정에게 분노하는 이유는 이것 말고도 하나가 더 있었다.

"그리고 스승님은 아직 내게 원수의 정체를 밝히지 않으셨어. 내가 더 수련하여 몸도 마음도 강해진 뒤에 말씀해 주겠다고 하셨지. 인 사형, 아니 인백정 그놈이 만약 정말로 스승님을 시해했다면…… 나는 영원토록 원수의 정체를 알 수 없게 될 거야."

해백정의 목소리는 부글부글 끓는 쇳물처럼 뜨겁게 일렁거린다.

그러나.

"주절주절 말이 많구나. 작업이나 똑바로 해라."

추이는 해백정의 말에 별다른 관심을 갖지 않았다.

다만 이런저런 지적이나 할 뿐이다.

해백정도 자꾸 자신을 무시하는 추이의 행동에 뿔이 났다.

"야. 자꾸 이래라저래라 할래? 대장간에서는 대장장이가 상감이야."

"제대로 못하면 죽는다. 너를 살려 둔 이유는 그것 하나뿐이야."

"눈치 주지 마. 녹이는 건 그나마 쉬워도 굳히는 건 훨씬 더 어렵다고. 부담되면 손끝이 떨려서 결과물이 안 좋게 나올 수도 있어."

해백정의 말에 추이는 얼른 입을 다물었다.

그녀는 자신의 가치를 피력하려는 듯, 지금 하고 있는 작업이 얼마나 어려운 것인가를 토로하기 시작했다.

"산에서 연리지를 본 적 있어?"

연리지(連理枝).

서로 다른 곳에서 싹튼 두 개의 나무가 서로 맞닿아 하나의 나무처럼 붙어 버린 것을 뜻한다.

추이는 고개를 끄덕였다.

"몇 번인가 본 것도 같군."

"네가 본 그 연리지들 주변에 평범한 나무들이 모두 몇 그루나 있든?"

"……."

"내가 지금 만들려는 게 바로 그런 거야. 알겠어? 성공할 가능성이 얼마나 희박한지?"

추이가 입을 다물자 해백정은 의기양양한 표정으로 고개를 돌렸다.

이윽고, 그녀는 뿌연 증기가 치솟고 있는 솥 앞으로 다가갔다.

싹둑─

가뜩이나 짧았던 해백정의 머리카락이 더욱 짧아졌다.

사라라락……

그녀는 자신의 머리카락을 잘라 내어 솥 안으로 털어 넣었다.

그러고는 엄지손가락을 깨물어 낸 핏방울을 함께 떨어트린다.

부글부글부글부글부글……

솥 안에서 끓어오르는 것이 더욱 거세어졌다.

매캐한 냄새가 나는 검은 증기가 대장간 전체를 꽉 채웠고 그 중간에서 매화꽃처럼 붉은 화광이 천천히 번져 가기 시작했다.

이후 해백정은 손강, 손화 부녀를 대장간 밖으로 나가게 했다.

그리고 나중에는 추이마저도 내쫓았다.

손강은 망치 소리가 들려오는 대장간을 돌아보며 말했다.

"야장(冶匠)의 솜씨가 가히 신기라고 부를 만합니다. 하나같이들 다 태어나서 처음 보는 기술이었습니다."

"……."

손강의 말을 들은 추이는 해백정을 조금 더 믿어 보기로 했다.

세 사람은 그 뒤로도 며칠을 더 기다렸다.

대장간 안에서는 망치질 소리가 끊임없이 울려 퍼졌다.

그동안 추이는 산을 올라가 노루며 멧돼지 등을 잡아 왔고, 손강이 그것들을 손질했으며, 손화는 발라낸 고기로 국을 끓였다.

대장간 안의 해백정은 문 앞으로 가져다 놓은 식사를 가져갈 때에만 문을 열었다.

그 순간 외에는 어떤 사람도 안을 들여다볼 수 없었다.

그렇게 딱 세이레 정도가 지났을 무렵.

끼기기긱……

대장간의 문이 열렸다.

해백정의 안색은 처음 이곳에 왔을 때보다도 더 나빠 보였다.

"들어와."

그녀는 창백한 낯빛으로 손짓했다.

마치 유령이 저승으로 갈 길동무를 부르는 것 같은 몰골이었다.

"네가 주문한 대로 만들었어. 확인해 봐."

해백정의 말을 들은 추이가 툇마루에서 일어났다.

이윽고, 새로운 모습으로 융합된 곤과 칼이 눈에 들어온다.

"……!"

전생의 추이를 창귀(槍鬼)라 불리게 만들었던 그때와 꼭 같은 모습이었다.

추이의 눈앞에는 검붉은 창 한 자루가 놓여 있었다.

아니, 그것은 사실 창이라고 부르기에는 조금 이상한 모양을 가지고 있다.

세 토막으로 나뉜 창대와 그 사이에 연결되어 있는 검은 쇠사슬은 마치 삼절곤(三節棍), 혹은 다절편(多節鞭)을 연상하게 만든다.

맨 끝에 있는 창대 끝에는 도(刀)의 형상으로 변한 매화검의 날이 단단히 붙어 있었다.

추이는 세 등분으로 나뉜 창대를 집어 들고는 사슬을 옆으로 밀었다.

그 뒤 나뉘어 있는 창대를 이어 붙여 보았다.

…철커덕!

창대의 분절 마디 끝부분에 붙어 있던 작은 홈이 다른 분절 마디 끝부분에 있는 걸쇠를 삼키며, 창대가 잠기듯 고정되었다.

두 개의 분절마디를 모두 잇자 삼절곤은 하나의 긴 창으로 변모했다.

추이는 창대를 다시 비틀었다.

버드나무 껍질을 벗기듯, 양쪽 손을 서로 다른 방향으로 비틀자.

…철커덕!

창대는 또다시 삼등분으로 분리되었다.

차르르르륵!

분리된 창대를 양쪽 끝으로 잡아당기자 창대 내부에 삼켜져 있던 긴 쇠사슬이 모습을 드러냈다.

끼릭—

추이는 창대를 다시 비틀어 끼워 맞췄다.

다음은 창날을 점검할 차례였다.

시뻘건 기운이 줄줄 흘러나오는 창끝.

갓 핀 매화의 은은한 붉기를 머금고 있던 매화검은 이제 진하게 농익은 혈매화 빛으로 바뀌었다.

추이는 빳빳한 머리카락 한 올을 뽑아 창날 위로 떨어트려 보았다.

사락—

머리카락은 창날 위에 떨어지자마자 세로로 곱게 잘려 나갔다.

추이는 고개를 끄덕였다.

"일단 겉보기에는 그럴듯하군."

"뭐? 겉보기? 이게 뒈질라고!"

해백정이 망치를 들어 올렸으나 그녀에게는 이제 내리찍을 힘도 남아 있지 않아 보였다.

그녀는 추이에게 덤비는 대신 짜증스러운 말투로 첨언했다.

"내가 낳았으니까 이름 정도는 내가 붙여도 되지?"

"마음대로 해라."

"좋았어. 사망매화의 검에 곤귀의 곤이 붙었으니…… 매화귀(梅花鬼) 어때?"

무기가 살상력만 좋으면 됐지 이름이 무에 소용일까?

추이는 대충 고개를 끄덕여 주었다.

하지만 무기를 탄생시킨 대장장이에게는 꽤나 중요한 의미를 갖는지, 해백정은 창에 이름을 붙여 주고 나서야 비로소 안도한 기색이었다.

"그나저나…… 정말 특이한 무기를 주문했네. 이런 기형 창은 어떻게 써?"

해백정조차도 신기해할 만큼 추이의 무기는 기묘하게 생긴 것이었다.

하지만 추이는 그 말에 대답하지 않았다.

다만 그리운 무게, 그리운 길이, 그리운 촉감, 그리운 형태를 손으로 가만히 어루만질 뿐이었다.

매화귀창. 이것은 전생의 추이가 쓰던 병기와 꼭 닮아 있었다.

평소에는 창처럼 쓰다가 숨기고 싶을 때는 접어서 품속에 넣을 수도 있고, 여차하면 창대를 꺾어서 상대를 당황시킬 수 있으며, 삼등분을 해서 채찍처럼 써도 되고, 이등분을 해서 도리깨처럼 써도 된다.

맨 윗부분의 창대만 따로 꺾어서 칼처럼 휘두르는 것도 가능하니 실로 기형변칙(奇形變則)의 정수라 부를 수 있으리라.

"한번 써 보겠다."

추이는 창을 가지고 대장간 뒤뜰에 있는 대나무 숲으로 향했다.

마침 그곳에는 검은 대나무들이 빽빽하게 돋아나 있었다.

…철커덕!

추이는 창을 일자로 조립하여 평범한 형태로 만들었다.

이윽고, 추이의 창이 길게 한 바퀴 원을 그렸다.

썩둑- 썩둑- 쩍!

멀리 있던 대나무들이 붉은 창극에 닿아 토막 난다.

그 상황에서 추이는 창을 비틀어 꺾었다.

…철커덕!

눈 깜짝할 사이에 잠금장치가 풀리며 창이 삼등분으로 휘어졌다.

그것은 마치 채찍처럼 꿈틀거리며 전혀 예상치 못했던 궤도에 있던 다른 대나무를 베어 버린다.

차라라라락-

추이는 곧바로 창을 회수한 뒤 맨 마지막 마디만을 손에 쥐었다.

나머지 두 마디는 사슬을 이용하여 허리에 묶어 늘어트리고, 길게 늘어트린 사슬과 그 끝의 창대만을 손으로 잡으니 마치 장검 한 자루를 손에 쥐고 있는 모양새가 되었다.

쩌저저적!

먼 거리에 있던 대나무뿐만이 아니라 가까운 거리에 있던 대나무들도 모조리 동강 났다.

추이는 곧바로 손에 든 칼날을 집어 던지고는 그 끝에 있던 사슬과 다른 창대 마디들을 모두 풀어냈다.

창이 가장 길게 뻗어 나가는 바로 그 순간.

…딸깍!

던졌던 창날이 마지막 창대 마디에서 분절되었다.

그러니까, 창날만이 존재하는 네 번째 토막이 사슬에 붙은 채 길게 뻗어 나가고 있는 것이다.

퍽—

창대 끝에서 뻗어 나간 창날이 바위에 깊게 박혔다.

차르르르륵—

추이는 창날에 붙은 사슬을 잡아당겨 창을 다시 원래의 모양으로 되돌렸다.

"이런 기능은 주문한 기억이 없는데?"

추이는 뒤에 서 있는 해백정을 돌아보았다.

그러자 그녀는 쭈뼛거리며 말했다.

"아니…… 만들다 보니까 너무 기분을 타 버려서…… 손이 멋대로 움직이더라고……."

"실수했다는 거냐?"

"그게 아니라! 그, 그런 게 있어! 뭘 만들다 보면 그 창작물이 다루는 사람의 손을 벗어나서 마음대로 생명력을 얻어 날뛰는…… 아무튼. 뭐에 홀린 듯 만들고 보니 저렇게 되어 있었다고!"

"흠."

추이는 턱을 짚고 잠깐 고민했다.

예상에 없던 네 번째 마디라.

'뭐 나쁘지 않을지도.'

추이는 고개를 끄덕였다.

그가 지금껏 겪어 왔던 바로는, 창대의 분절마디가 부족해서 곤란했던 적은 많았어도 분절마디가 너무 많아서 곤란했던 적은 없었다.

한편, 해백정은 추이가 베어 낸 대나무들을 보며 입을 반쯤 벌리고 있었다.

온통 초토화된 대나무들.

하나같이 균일한 높이에서 잘려 나가 있는 것이 보인다.

먼 거리, 짧은 거리를 가리지 않고 모조리 같은 길이로 잘려 나간 묵죽들을 보자 해백정은 어쩐지 등골이 오싹해졌다.

'내가 이런 놈이랑 싸웠던 건가…….'

기형창을 든 추이는 예전에 곤 한 자루를 들고 다니던 때와는 감히 비교조차 할 수 없을 정도로 무시무시했다.

해백정은 잘려 나간 대나무들을 살폈다.

'일반적인 창의 길이는 저기까지…… 매화귀의 사정거리도 언뜻 보기에는 그쯤 되어 보여. 하지만 사실 매화귀의 창날이 닿는 거리는 그의 세 배, 아니 네 배가 넘지.'

아마 추이를 상대하고 있는 적에게는 날벼락 그 자체일 것이다.

분명 안전한 거리까지 피했다고 생각했는데 왜인지 시야가 일순간 붉어진다 싶을 테고, 그러면 끝일 테니까.

'동영(東瀛)의 사복검(蛇腹劍) 류가 저런 식으로 동작하기는 하지만…… 그 원리를 창에 적용시키려는 미친놈이 있을 줄이야.'

그리고 자신이 그 미친놈의 주문에 따라 훌륭한 결과물을 만들어 냈다는 생각에 해백정은 복잡미묘한 감정을 느끼고 있었다.

어쩌면, 어쩌면 자신이 전설로 길이길이 남을 어떠한 무시무시한 존재의 탄생을 함께하고 있는 것이 아닌가 하는 생각 때문이다.

하지만 그러거나 말거나, 추이는 계속해서 창을 시험하고 있었다.

끼리리리릭—

창을 하나로 조립하여 평범한 외형으로 되돌린 추이는 그 뒤로 계속 정석적인 창법들을 구사했다.

'무기의 기형적인 특성에 의존하면 실력이 퇴보하는 법. 뭐든지 정석부터. 차근차근.'

추이는 매화귀를 잡고 내력을 흘려보냈다.

사망매화 오자운의 기운도, 곤귀 구강룡의 기운도 더 이상 느껴지지 않는 이 기형적이고 야성적인 창은 추이의 지배를 거부하며 야생마처럼 날뛰고 있었다.

추이는 이 팔팔한 신병기를 제어하기 위해 흘려 넣는 내력을 세밀하게 조절했다.

권리창(圈裏槍), 권외창(圈外槍), 권리저창(圈裏低槍), 권외저창(圈外低槍), 권리고창(圈裏高槍), 권외고창(圈外高槍), 흘창(吃槍), 환창(澴槍).

팔모의 여덟 동작이 물 흐르듯 자연스럽게 펼쳐진다.

진왕마기(秦王磨旗), 봉점두(鳳點頭), 백사농풍(白蛇弄風), 철소추(鐵掃箒), 발초심사(撥草尋蛇), 마지막으로 일절(一截), 이진(二進), 삼란(三攔), 사전(四纏), 오나(五拏), 육직(六直)의 연계까지.

변식과 연계식을 통틀어 여섯 합에 걸친 동작이 그 뒤를 따랐다.

키리릭―

창은 딱히 기형적인 형태로 변신하지 않아도 충분히 위력적이었다.

나(拏)의 기법으로 상대의 공격을 되감아치기 좋게끔 충분히 유연하고 낭창낭창했으며, 또 힘있게 찌를 때 보법의 힘을 제대로 받을 수 있을 정도로 질기고 단단했다.

상대가 창의 외형에 놀라 움찔하는 그 찰나의 한순간. 그 빈틈을 찌르고 들어가 확실하게 목숨을 앗아 갈 수 있을 정도로 기본기가 탄탄한 병기였다.

"쓸 만하군."

추이는 고개를 끄덕였다.

물론 전생에 쓰던 것만은 못하지만 앞으로 상당한 기간 동안은 쓸 수 있을 것 같았다.

해백정의 솜씨는 기대한 것 이상이었던 것이다.

어느새 옆으로 다가온 해백정이 툴툴거렸다.

"'쓸 만하군'이 아니라 '이런 명창은 태어나서 처음 봐요' 겠지."

"그 정도는 아니다."

"지랄. 니가 쳐 놓은 난장을 좀 봐라."

몸을 혹사해서 그런가, 그녀의 말투는 매우 거칠어져 있었다.

추이는 해백정이 가리키는 곳을 향해 고개를 돌렸다.

대나무숲이었던 산기슭이 어느덧 민둥산으로 변해 있었다.

"여기 사람들 당분간 그릇이랑 장작 걱정은 없겠네."

해백정은 잘려 나간 대나무 뭉텅이를 산기슭 아래로 뻥뻥 걷어차며 말했다.

이윽고.

…철컥! …철컥! …철커덕!

추이는 창을 네 조각으로 접은 뒤 몸에 둘렀다.

여기에 펑퍼짐한 옷을 입는다면 추이가 창을 소지하고 있는지 아닌지, 겉으로 보고서는 아무도 모를 것이다.

이윽고, 추이는 자리를 뜨려 했다.

"어이! 그냥 가?"

한데. 해백정은 계속해서 쫄레쫄레 추이의 뒤를 따라왔다.

"뭐냐?"

"뭐긴."

추이가 묻자 해백정은 파리한 안색으로 씩 웃어 보였다.

"도와준다고 했잖아. 복수."

"……."

추이는 해백정이 강가에서 정신을 잃기 전 마지막으로 했던 말을 떠올렸다.

'도와줘.'

그냥 목숨을 살려 달라는 뜻인 줄 알았는데, 아무래도 그녀는 조금 더 많은 것을 바라고 있었나 보다.

"장강수로채를 칠 거야. 도와줘."

"……."

"어차피 너도 인백정, 그 새끼한테 볼일이 있는 것 아녔어? 별로 좋은 의도를 가지고 찾아가려는 것 같지는 않던데."

딴엔 맞는 말이다.

추이는 미간을 찡그린 채 자리에 섰다.

그리고 잠시간 고민했다.

그러는 동안 해백정은 은근한 말로 추이를 꾀었다.

"그 개고생을 해 가면서 창을 만들어 줬는데, 설마 이대로 먹튀를 할 생각은 아니시겠죠? 이 오지산간에 마누라를 내버리고?"

"누가 마누라냐?"

"무기는 자식처럼 아끼라는 말도 몰라? 그 창이 너의 자식이니까 네가 아비지. 그리고 그 창을 낳은 어미는 나고. 그러니까 그 창을 쓰는 동안에는 내가 네 마누라인 거야."

해백정은 씩 웃으며 바위에 몸을 기댔다.

"그리고 나는 그 창을 만드느라 너무 지쳐서 홀몸으로는 복수가 힘들어. 네가 도와줘야 돼."

"……."

"그리고 또. 장강수로채에 맨몸뚱이로 쳐들어갈 거야? 나는 피 한 방울 안 흘리고 산채로 들어갈 수 있는 길들을 많이 알아."

이쯤 되면 해백정과 손을 잡지 않을 이유가 없다.

추이는 결정을 내렸다.

"인백정을 만날 때까지만이다."

"그러셔. 나도 길게 따라다닐 생각 없어."

"허튼짓하면 바로 죽인다."

"아깝다. 내가 먼저 말하려 했는데."

이윽고, 추이와 해백정이 나란히 마주 섰다.

"……."

"?"

추이는 자신의 얼굴을 빤히 들여다보는 해백정을 향해 표정을 찡그렸다.

그러거나 말거나, 해백정은 탄성을 질렀다.

"생각났어!"

"뭐가."

"피 한 방울 안 흘리고 장강수로채 안으로 잠입할 수 있는 방법."

그녀는 손을 뻗어 추이의 양쪽 볼을 탁 잡고 터질 듯 빵빵하게 눌렀다.

"……바로 이 얼굴을 이용하는 거야."

여장 (1)

사천성 외곽 태애읍.

네 개의 강이 겹치는 구역에 있는 작은 고을이다.

앙상한 나뭇가지에 얼어붙은 새벽 서리가 정오의 햇살에 녹아내릴 무렵.

삼패 기녀들이 모여 있는 모정루에서는 한바탕 소란이 벌어지고 있었다.

"누가 갈 거야?"

"나는 안 가."

"어휴, 거기는 한번 갔다 오면 무조건 밑이 다 부어."

"그러면 최소 두 달은 요양해야 될 테지. 그동안 손님도 못 받구……."

"나는 저번 달에 갔다 왔으니까 이번에는 안 가도 되지?"

"다들 안 간다고만 하면 어떡해."

"그럼 니가 가든가!"

기녀들은 아침 댓바람부터 지금까지 계속 서로 옥신각신하는 중이다.

그 이유는 아침에 온 서신 한 통 때문이었다.

　〈0월 0일, 기녀 이십 명 모집〉

　〈조건: 외모가 아름답거나 음주가무에 능한 자〉

　〈우대 조건: 도박을 잘하는 자〉

　-장강수로채 술채(戌砦)-

수적들의 산채에서 연회가 벌어진다.

감히 수적들의 부름을 거절할 수는 없으니, 작은 모정루로서는 어쩔 수 없이 그곳에 갈 기녀들을 선발해야 했다.

다만, 장강수로채가 있는 곳은 너무 멀어서 가고 오는 데 시간이 많이 걸렸고, 거기에 배를 타고 장시간 이동해야 하는 데다가, 무엇보다 수적들의 진상이 심했기에 이 업무를 반기는 기녀들은 단 한 사람도 없었다.

"언니가 가시우."

"애! 나는 지지난달에 갔어!"

"저번에 애향이가 거기 갔다가 술병 걸려서 아직도 골골대

잖니."

"어휴, 거긴 변태 새끼들만 득시글대서 싫은데……."

"변태기만 하면 다행이게? 술만 취하면 칼 뽑아 들고 죽이네 살리네~ 어휴, 진상도 그런 진상이 없지."

"그래도 거기는 부하들만 문제지, 백두급 이상 되는 사람들은 참 괜찮은데. 특히나 천두님이……."

아무튼, 가기 싫은 것은 가기 싫은 것이다.

까딱하면 술 취한 수적 왈패의 칼에 목이 달아날 수도 있는 자리이니 당연한 일.

그래도 어찌어찌 갈 사람들이 추려지기는 했다.

"어쩌지…… 몇 명 모자라는데."

"아이 씨! 이기적인 년들아! 지원 좀 해라!"

"이러면 거기 갔던 빈도수 낮은 사람부터 차출할 수밖에 없어 진짜!"

"호호호– 그딴 식으로 차출할 거면 차라리 아랫도리 튼튼한 순으로 하는 게 어때?"

장강수로채에 가기로 한 기녀들이 끝까지 버티는 기녀들을 향해 힐난했다.

바로 그때.

"언니들!"

저 앞에서 한 기녀가 뛰어왔다.

"밖에 하루벌이 애들이 왔는데, 자기들이 장강수로채에

가면 안 되겠냐고 하네요!"

"하루벌이 애들? 어디에서 온 애들이래?"

"다른 성에서 넘어온 것 같아요. 여비가 부족해서 장강수로채에 가서 벌려는 게 아닐까 싶은데."

"흐음……."

제일 나이가 많은 기녀의 눈이 가늘게 좁아졌다.

종종 있다.

한 기루에 쭉 있지 않고 여러 기루를 떠돌아다니면서 그날그날 일당을 받아 가는 기녀들이.

"몇 명이나 돼?"

"두 명이던걸요. 지금 정문 앞에서 기다리고 있어요."

"걔네 얼굴은 어때?"

"그, 그게……."

"왜? 못 봐줄 정도야? 하긴, 얼마나 박색이면 하루벌이를 다니겠어."

"그게 아니고. 그 반대예요."

"반대?"

"네. 엄청 예쁘고 어려요. 둘 다."

"웃기시네. 그런 애들이 왜 하루벌이를 뛰겠어? 어디 큰 기루의 간판으로 눌러앉아 있겠지."

"글쎄요? 아무튼 진짜예요!"

"나도 글쎄네. 일단 데리고 와 보든가 그럼."

대장 격인 기녀가 말했다.

이윽고, 모정루를 찾아온 하루벌이 기녀 두 명이 모습을 드러냈다.

"......!?"

대장 기녀의 두 눈이 휘둥그레졌다.

한 명은 이제 막 방년(芳年)에 이른 듯한 외모였고 다른 하나는 이제 막 과년(瓜年)해 보일락 말락 한 소녀다.

그리고 아까 받은 보고는 사실이었다.

아니, 오히려 사실을 제대로 담아내지 못한 보고였다.

미미(美美). 둘 다 아름답다.

절대 이런 깡촌에 있을 만한 미모가 아니었다.

'화장이 진하기는 해도 어려 보이는군. 하나는 스물넷, 다른 하나는 열여섯...... 정도려나?'

대장 기녀는 두 하루벌이 기녀의 나이를 빠르게 파악했다.

둘 다 빼어나게 아름다웠지만 특히나 어린 소녀 쪽의 미모가 어마어마하다.

길 가던 남자들의 다리 힘을 풀어 주저앉힐 수 있을 정도로 대단한 것이었다.

대장 기녀는 헛기침을 몇 번 함으로써 놀란 기색을 지웠다.

그러고는 태연한 어조로 말했다.

"우, 우리 모정루는 어중이떠중이들을 받지 않아."

이미 목소리에서부터 가늘게 떨리고 있었지만 그녀는 끝까지 여유로운 척 말을 이었다.

"얼굴만 곱다고 기녀는 아니지. 뭐 특기 같은 거 있니?"

그러자 두 하루벌이 기녀가 서로의 얼굴을 마주 보았다.

이윽고, 큰 기녀가 말했다.

"저는 술이 셉니다."

"호오− 술이 세? 얼마나?"

"안 끊고도 병나발 세네 번 정도는 연거푸 불지요. 화주 기준으로."

"……말이 돼 그게? 사람이 그런 걸 어떻게 해. 무슨 곰도 아니고."

"못 믿으시겠다면 보여 드리면 되잖아요."

큰 기녀의 말에 대장 기녀는 코웃음을 쳤다.

모정루의 화주는 독하기로 소문난 술이다.

아무리 일평생 술을 퍼마셔 온 주정뱅이라 하더라도 한 병만 먹으면 이틀은 골골대는 독주.

하지만.

꼴꼴꼴꼴꼴꼴……

큰 기녀의 말은 정말이었다.

그녀는 기녀들이 날라 온 화주 다섯 병을 그 자리에서 숨도 고르지 않고 다 마셔 버렸다.

"쩝. 여기 화주는 좀 약하네. 물을 많이 타서 그런가, 다섯 병은 더 먹을 수 있겠는데?"

"다, 다섯 병을 더? 사람 맞니 너?"

대장 기녀는 황당함을 감추지 못하고 입을 떡 벌렸다.

이윽고, 그녀는 덜덜 떨리는 손가락을 뻗어 작은 기녀를 가리켰다.

"너, 너는 무슨 특기가 있지?"

"……."

그러자 작은 기녀는 손으로 턱을 짚고 무언가를 고민했다.

그러더니, 이내 입을 열고 노래를 부르기 시작했다.

妾本寒門子 荊釵居白屋

-나는 본래 한미한 가문의 딸. 가시나무 비녀 꽂고 초라한 집에 살았지.

美質天所生 兩臉知賴玉

-타고나길 아름다워, 두 볼은 붉은 옥소반과도 같으니.

自倚傾國艶 乃與世人踈

-나라를 기울어트릴 미모 하나만 믿고, 세상 사람들을 무시하며 지냈네.

五陵多年少 過者皆停車

-오릉의 많은 젊은이들이 지나가다가 수레를 멈추었지만.

一笑肯輕賣 千金且不收

-천만금을 준다고 해도 웃음을 가볍게 팔지 않았네.

以此自愆期 歲月長江流

ㅡ때를 놓쳐 세월은 강물처럼 흐르고.

西風昨夜至 莎雞鳴露草

ㅡ간밤에 가을바람 불어 사라지듯 하더니, 어느새 이슬 맺힌 풀에 귀뚜라미 소리만이 구슬프다.

紅顏恐消歇 時過不再好

ㅡ고운 얼굴이 사라질까 두려우니, 때 지나면 다시 좋지 않으리.

어린 기녀가 부르는 노랫소리와 가사는 경계의 눈으로 지켜보던 대장 기녀를 비롯한 다른 기녀들의 혼을 홀딱 빼 놓기에 충분했다.

"사람의 노래가 아니로세…… 이건 귀신의 노래다…… 창귀(唱鬼)의 노래야……."

대장 기녀는 눈물을 흘리며 감탄했다.

아름다운 음율과 그 속에 담긴 가사에 자신의 처지를 이입한 것이다.

대장 기녀는 어린 기녀의 손을 꼭 잡았다.

"네 노래를 들으니 찬란했던 나의 젊은 날이 떠오르는구나. 노래는 어디서 배웠니?"

"그냥 이곳저곳 떠돌아다니면서 배웠습니다."

"따로 스승이 없고?"

"예."

"놀랍다. 실로 놀라운 자질이야. 혹시 우리 기루에 머물 생각은 없니? 대우는 잘해 줄게."

"아직 정착을 생각해 본 적은 없습니다. 다만, 이번 장강 수로채행이 끝나고 나면 생각해 보겠습니다."

어린 기녀의 말에 대장 기녀는 흡족한 표정으로 고개를 끄덕였다.

험난한 장강수로채의 일이 끝나고 나면 녹초가 되어 이곳 모정루에서 요양을 할 수밖에 없을 것이고, 그러다 보면 자연스럽게 눌러앉게 되리라는 기대 때문이었다.

'물건이 들어왔어. 이 아이야말로 우리 모정루를 이끌어 갈 차세대 총아로다.'

대장 기녀는 두말할 것도 없이 이 두 하루벌이 기녀를 식구로 받아들였다.

바로 장강수로채행이 결정된 것이다.

✦

기루 안의 방.

하루벌이 기녀 둘은 오늘 밤 여기서 자게 되었다.

내일 아침 일찍이면 장강으로 향하는 배에 오르게 될 것이다.

이윽고, 하인이 두 기녀에게 이부자리를 내주었다.

큰 기녀에게는 평범한 이불이, 작은 기녀에게는 비단금침이 주어졌다.

"젠장. 나는 완전 찬밥 취급이군. 기녀한테는 술 잘 먹는 것도 중요한 덕목 아냐?"

해백정. 그녀는 곱게 단장한 기복을 벗어 던지며 말했다.

그 옆에 깔린 비단금침 위에는 추이가 조용히 앉아 있었다.

해백정은 추이를 향해 말했다.

"야. 너는 노래를 왜 그렇게 잘 부르냐?"

"……."

추이는 입을 다물었다.

사실 이것은 특별한 재주는 아니었다.

마공의 부작용.

창귀칭을 익힌 자는 이상하리만치 노래를 잘 부르게 된다.

그것은 창귀칭이 부리는 창귀들의 능력에 의한 것이기도 했다.

추이는 전생의 기억 하나를 떠올렸다.

홍공이 우스갯소리로 했던 말이었다.

'창귀는 항상 서럽게 울며 슬픈 노래를 부르지. 만약 산 사람이 이유 없이 서럽게 울면서 노래를 부른다면 그것은 필시 창귀의 짓이다.'

즉, 추이가 노래를 잘 부르는 것은 사실 마공의 부작용인 것이다.

특별히 몸에 해로울 일은 없고 오히려 약간 정도는 도움이 되는 능력이기에 추이는 지금껏 별 관심을 두지 않고 있었다.

그때.

드르륵-

방문이 열렸다.

대장 기녀가 머리만 들이밀고는 추이와 해백정을 바라보았다.

툭-

그녀가 바닥에 내려놓은 것은 차와 떡이었다.

"다 알아."

대장 기녀는 눈물이 그렁그렁한 눈으로 해백정을 바라보고 있었다.

"?"

영문을 모르겠다는 듯한 해백정에게, 대장 기녀가 말했다.

"딸이지?"

"……."

해백정은 순간 대장 기녀의 말을 이해하지 못하고 표정을 찡그렸다.

그리고 이내, 옆에 있는 추이를 보는 순간.

"컥! 무, 무슨……!"

해백정은 대장 기녀의 말뜻을 이해했다.

그러니까, 대장 기녀는 옆에 있는 추이를 해백정의 딸로 오해하고 있는 것이다.

하지만 추이는 굳이 그 오해를 풀 생각이 없었다.

"엄마."

추이가 해백정의 옷자락을 잡았다.

해백정이 미처 펄펄 날뛰기도 전에, 대장 기녀는 옷고름으로 눈시울을 꾹꾹 눌렀다.

"어쩜…… 내 생각이 맞았어…… 여자 혼자 애기 데리고 다니느라 힘들었지? 앞으로는 우리가 지켜 줄게."

"아니! 그, 그게…… 하?"

해백정은 화를 내지도, 해명을 하지도 못한 채 멍한 표정을 지었다.

대장 기녀는 그 이후로도 한참이나 해백정의 어깨를 두드려 주고는 방에서 나갔다.

"……내, 내가 니 엄마라고? 내가 그렇게 늙어 보여?"

"……."

"뭐라고 말 좀 해 봐!"

하얗게 타 버린 해백정을 뒤로한 채 추이는 바닥에 누워 눈을 감았다.

'오자운과 다닐 때는 똥 푸는 일꾼으로 위장했는데, 여자랑 다니니 대우가 훨씬 낫군.'

전생에서는 얼굴에 입은 상처들이 많아서 꿈도 꾸지 못했던 일이었다.

"야! 말 좀 해 보라고! 내가 니 엄마뻘로 보이냔 말이야! 어!?"

옆에서 시끄럽게 날뛰는 해백정을 무시한 채, 추이는 치마 속에 감춘 매화귀창을 꽉 움켜쥐었다.

이제 내일이면 다시 장강으로 돌아가게 된다.

질기게 얽힌 수적 패거리들, 그리고 한 번도 만나 보지 못했던 사형.

'벌써부터 피 냄새가 나는데.'

모르긴 몰라도 쉬운 여정이 될 것 같지는 않았다.

다음 권으로 이어집니다

꿈의 도약, 로크에서 하십시오
(주)로크미디어에서 신인 작가를 모십니다

즐거운 세상, 로크미디어는 꿈을 사랑하고 도전을 두려워하지 않는 작가 분들의 참신한 작품을 기다리고 있습니다. 21세기 장르 문학계를 이끌어 갈 차세대 선두 주자 (주)로크미디어에서 여러분의 나래를 활짝 펴 보시길 바랍니다.

모집 분야 판타지와 무협을 포함한 장르 문학

모집 대상 아마추어 작가, 인터넷 작가

모집 기한 수시 모집

작품 접수 시 유의 사항

1. 파일명은 작가명_작품명.hwp형식을 갖춰 주십시오.
1. 파일에 들어갈 내용은 다음과 같습니다.
   - 성명(필명인 경우 실명을 밝혀 주세요), 연락처, 이메일 주소
   - 제목, 기획 의도
   - A4용지 1장 분량의 등장인물 소개
   - A4용지 2장 분량의 전체 줄거리
   - 본문
1. 작품이 인터넷에 연재되고 있다면, 게시판명과 사이트의 구체적이고 정확한 주소를 기재해 주십시오.

선택된 작품은 정식 계약 후 출판물로 간행되어 전국 서점에 유통됩니다.

작가 분은 (주)로크미디어의 전폭적인 지원하에 전속 작가로 활동하시게 됩니다.

※ 자세한 내용은 로크미디어 홈페이지(rokmedia.com)를 참조하세요.

(04167)서울시 마포구 마포대로 45 일진빌딩 6층

(주)로크미디어 편집부 신간 기획 담당자 앞

전화 : 02) 3273 - 5135

www.rokmedia.com   이메일 : rokmedia@empas.com